Les comptines à l'eau de rose

Jade Laris

Les comptines à l'eau de rose

Roman

LE LYS BLEU
ÉDITIONS

ISBN : 979-10-377-2160-0

Il interrompit le visionnage, avec la perspective imminente d'une série de longues journées de pénitence qui s'écouleraient dans l'affliction et le regret.

Il ne se repentirait pas seulement d'une conduite fâcheuse : il se repentirait d'une inconduite fâcheuse phénoménale et inaccoutumée qu'il se ferait un devoir d'assumer sans céder à quelque ressentiment que ce soit. Il l'assumerait et non sans amertume quand beaucoup n'en ferait que peu de cas (…).

C'était une fatalité qui lui était difficile à relativiser, dure et pesante, douloureuse et poignante.

Voilà ce qui pouvait être une bizarrerie, une laideur de malfaisance.

Toutes les incidences, dont ces actes étaient la source, affectaient l'âme en profondeur. Ces actes induisaient des traumas qui ne laissaient que rarement l'homme indemne dans son bon sens et sa raison.

Des larves germant dans la chair purulente d'un corps vicié par une maladie incurable, une femme-bête reniflant comparativement à ces animaux domestiques quand ils sont épris des plus vives impulsions, c'est ainsi qu'on pouvait qualifier une calamité de cette envergure.

L'esprit ne concevait pas cela sans manifester le plus angoissant affolement, un choc profond, une incompréhension révoltante.

Quand l'acte prenait fin, c'était encore une suite de dégoûts et de ressentiments – comme on en éprouve dans les situations de l'extrême – qui allait occuper, pendant des semaines entières, une psyché sur le point de fléchir.

En l'occurrence, l'extrême était des plus surréalistes, un summum de noirceur qui rendait inapte au discernement, à l'acceptation, à la compréhension.

La mise à mort, expiatrice d'actes d'infamie, ne le payerait pas à la hauteur de sa gravité.

Adam ne pouvait lui laisser plus de place, plus de liberté, l'autoriser à saccager un bonheur, ce qui nous faisait hommes.

Des êtres immondes étaient venus des entrailles de l'enfer, avec des monstruosités de paroles, d'actes et de conduites qui ne proviendraient jamais d'autre part.

La souillure et la matérialisation répulsive de cette honteuse pratique lui valaient la plus vive douleur, une meurtrissure imprimée sur tout le corps. À cause de l'agressivité et l'impureté de cette honteuse pratique, c'était même une affliction insurmontable.

Il aurait attenté à ses jours si pratiquer l'œuvre du diable, toute une vie durant, ne l'avait pas endurci et n'avait pas entraîné sa persévérance, laissant indemne son attachement à l'éthique religieuse qui prônait l'estime et le respect de soi. Son mépris de tout ce qui avait trait à la torture et la destruction, qualités de satan, l'emporterait toujours sur la pulsion du suicide.

C'était donc assez pour croupir une éternité ou deux dans le supplice, et il n'y avait en cela rien qui soit vitalité, bonheur ou accomplissement de soi.

Habituellement, il œuvrait pour de pieuses causes, mais, pour le moment, le supplice de se savoir pris au piège de ce porno continuait à ternir ses espoirs de bonheur. S'y adjoignaient, de surcroît, les supplices du remords, de la brutalité, des usages à outrance.

Et à la souillure : l'addiction qui le dépassait totalement et qu'il subissait avec l'impuissance d'une sujétion absurde.

Tourmenté par ses idées noires, Adam admettait, au fil du temps, qu'il fallait qu'il se punisse. Si cela pouvait rééquilibrer les choses… Cela atténuerait, à tout le moins, la dureté de sa dégradation spirituelle. Il y avait une issue, une fin qui pouvait faire tomber toutes les armes de cette monstruosité pornographique.

Évoquer les bons usages présumés de la pornographie, c'est commettre un meurtre avec l'assentiment de celui qui condamne l'injustice, prôner un principe qui va à l'encontre du bon sens, planter un arbre au milieu de l'océan, élever une poule avec une meute de chiens sauvages.

Ce jour où il n'avait eu de cesse de se débattre avec ses démons influenceurs, son désir manipulé prit le pas sur sa résistance. Il ne cherchait plus à combattre ses âpres ardeurs. La pornographie l'emportait bel et bon.

Puis, des images de chair défilèrent dans son esprit, si bien ficelées qu'il ne s'écoulait que deux à trois secondes avant qu'il n'atteigne le point G.

Durant cette fameuse journée, il n'avait compris que trop combien il était cerné par cette profusion de chair déshonorante.

Quelle image de soi, acquise à renfort de violence quotidienne et dévalorisée par les réflexes et les accoutumances que le porno pouvait créer en lui !

Les yeux grands ouverts, sortis de leurs orbites, il fixait le plafond où défilait un écran de souvenirs, de prémonitions, d'hallucinations délirantes. Maintes et maintes pensées, cherchant à sortir de l'affolement de sa fataliste opinion, déambulaient dans son esprit avec noirceur et gravité.

Son corps était étendu sur le lit, dans une posture indécente, les draps roulés en boule çà et là, semblant avoir été désordonnés par les cabrioles d'un chiot excité et follet.

Quand il parvint enfin à s'arracher à ces douloureuses réminiscences et à son âpre affliction, il se planta devant la glace de l'armoire, pour découvrir une silhouette dont l'allure repoussante le frappa de stupeur.

Les cheveux en bataille, étirés vers le haut, des cernes creux autour des yeux accentuaient l'impression de négligence.

Il croisa un regard dont la salissure et l'atrocité le frappèrent. Il y avait en lui un cri étouffé, un pouls faiblement battant en un corps sevré de toute lueur de vie.

Ne pouvant supporter le poids de son affliction et tentant de lutter, une fois pour toutes, contre les moqueries de son critique intérieur, il tourna le dos au miroir et chercha comment il pouvait faire acte de purification.

Décidé à se changer les idées, il attrapa son blouson, claqua la porte de son appartement puis s'envola.

Une heure plus tard, non loin de la Mahomerie, lieu multi-cultuel de la commune de Valence, il s'appuyait contre le comptoir du Barista pour commander une bière. C'était la première fois qu'il avait à assumer cette alcoolisation sans avoir Barbara à ses côtés pour le dissuader de prendre des conduites suicidaires.

Devant ses yeux s'élevait la Mahomerie de Valence, tentatrice. Adam pensa que, par son environnement glacial, elle risquerait fort d'accentuer son tourment.

Le choc le laissait déjà sans voix et ce miteux, on pouvait dire que c'était une planque en pareilles circonstances. Captivant par ses sonorités d'airs de bleus et les allées et venues des soûlards, l'endroit agissait sur lui comme le réanimateur au chevet d'un mourant, cherchant à renoncement et à l'étreinte de la mort.

Il but une gorgée. Il se souvint d'avoir pris des antidépresseurs le matin, au réveil. Les effets de l'alcool allaient rehausser leur nocivité, mais il lui semblait qu'il n'en avait pas encore assez ingéré.

Une gorgée de plus et il se sentit défaillir.

À l'entrée des sanitaires, il crut qu'il allait vomir. S'il l'avait fait, il se serait sûrement senti mieux car le mal serait passé avec le vomissement. En s'enfermant dans les toilettes, un frisson le saisit, parcourant tout son corps. Il était piégé. Le démon avait rusé et il remportait la partie.

Maintenant qu'il avait ingurgité une bonne partie de la chope, il se sentait suffisamment comateux pour perdre toute vigilance. Dans le pire des cas, il irait croupir en prison ou à l'asile, parmi ceux dont la conduite n'avait été suffisamment irréprochable pour leur offrir les clés de la délivrance et du salut.

Son état s'aggravait de mal en pis. Quand tout le poids de son corps se pencha sur le côté, il perdit connaissance.

Le barman l'avait vu entrer dans les toilettes. Il finit par venir aux nouvelles. La porte était fermée à double tour et personne ne répondait. Le barman s'empressa d'appeler les secours. On ne savait jamais.

Il avait dû reprendre connaissance sur le trajet des urgences, car il avait répondu aux questions qu'on lui posait. Certains traitements médicamenteux étaient incompatibles avec l'alcool, c'est vrai, mais il pensait, sur le moment, qu'il devait être une bien petite nature, maladif, restrictif et vulnérable à toute situation, inapte à supporter ce qu'une grand-mère centenaire aurait jugé ridicule.

Ce n'était qu'un petit incident dont la plupart des gens auraient accueilli la nouvelle avec fatalisme. Personne n'en était mort ! Leurs réflexions, c'était une de ces contrariétés du quotidien qu'il cherchait à fuir pour son confort psychologique, sa santé mentale, son souffle vital.

Après quelques jours de réserve et de mutisme, la vie reprit son cours, avec son lot de bavardages et de joie de vivre.

Le cauchemar de la pornographie s'était résumé à un vague sentiment de déjà-vu. Peut-être qu'il avait même fini par dénier complètement que cela s'était réellement passé.

Par moments, des pics de désir et de fantasmes le rappelaient à ces rituels de débauche, mais il gardait déjà un fond de répulsion pour le coup dur du porno aux Parques, un visionnage à la suite duquel il s'était juré de mettre fin à cette distraction malsaine, même s'il devait, pour cela, invoquer les Parques.

Le compte serait sévère, cela, il n'était pas en mesure de le nier. Il allait souffrir dans ses relations et son amour-propre et ne saurait voir en l'homme que ce qu'il a de plus néfaste.

Demain, il irait à la bibliothèque nationale. Peut-être que les informations qu'il y trouverait l'aideraient à venir à bout de son tourment.

Quand le jour pointa ses rayons, il prit la route de Valence Ouest.

La bibliothèque n'était pas fréquentée. On était mercredi. Les étudiants avaient cours et les actifs travaillaient. Il allait être un peu tranquille.

La bibliothèque n'était pas des plus petites et en paraissait presque vide.

Il prit un premier ouvrage sur une étagère et sélectionna un chapitre ou deux, plus d'un extrait ou deux qu'il voulut concis, sans fioritures, plus analytique que descriptif.

On énumérait mille et une façons de dépasser son accoutumance, on mettait en garde contre les effets dégradants de ces pratiques à répétition, on soulignait l'impact d'une représentation de la sexualité de la pire violence, une calamité qui se fondait dans la soif du désir aussi pernicieusement que le venin atteignant le cœur par les voies des artères.

Il appréhenderait maintenant la question un peu plus doctement, mais le problème resterait entier. L'accoutumance allait reprendre de plus belle et les pornos se densifieraient en même temps qu'ils se diversifieraient, offrant à chaque visionnage plus de couleur, plus d'intensité. Tous les tons de couleur de chair qui soient, avec l'accompagnement des postures et des scénarios propres à leur octroyer leurs vibrations.

L'œil finissait par subir une sombre influence, être subjugué par une agression gratuite, une impureté brûlante pour la noblesse du regard.

Peu après, ce qu'il tenta de porter à sa connaissance lui devint insupportable, lourd à assumer, un sujet beaucoup trop délicat pour s'y attarder longuement, beaucoup trop traumatique.

Avec l'échec de s'être laissé tenter, resurgissait le regret de laisser se passer sous le nez une éventuelle rémission du trouble.

Cette situation suscitait bien deux fois plus d'affolement et de complications. Des pensées lugubres se cristallisèrent dans son subconscient. Et à la suite de cela, des pensées encore moins réjouissantes. Des idées noires qui tentèrent de prendre le pas sur les raisonnements intérieurs au nom d'une pseudo-solution radicale.

Dans le tiroir de son bureau, il tira un bloc de feuilles empilées, noircies par la transcription des *Pensées pour moi-même* de Marc Aurèle. Il lut une partie du tome jusqu'à ce qu'il se sente mieux, puis décidé à se tirer d'affaire quoi qu'il lui en coûterait, il invoqua les Parques de nouveau. Elles l'emporteraient loin d'ici pour lui offrir par la mort une revanche contre les forces du mal qui se jouaient de lui, influençant et cherchant à provoquer son désir, et par extension de cela, cherchant à le faire tomber dans une dégradation sévère.

Une longue attente débutait. Ces Parques redoutables se présenteraient un jour. Elles répondront à l'invocation qu'il avait lancée aussi fervemment qu'on libère un oiseau de sa cage. Il supposait, à la suite de cela, qu'elles ne laissaient, à leur victime, ni le choix de décider ni de revenir.

Elles viendraient, façonnées par le sentiment qu'il avait d'elles.

Le matin du vingt-deux mars, elles frappèrent à sa porte. Elles n'avaient pas l'apparence qu'on leur connaissait dans les contes d'enfants. Elles n'étaient pas munies de fauches ni des linceuls dont on aimait les affubler. Non. Elles se présentèrent comme un pressentiment lugubre, une angoisse préoccupante.

Les fenêtres n'éclairaient plus son antre comme à l'accoutumée, les aliments devenaient aigres, sans attrait pour le palais. L'enceinte du bâtiment bruissant de cliquetis et de caquetages lui renvoyait un profond silence. Seuls, des pas se faisaient distinctement entendre. Ceux des Parques, les pas de la mort qui venait l'emporter, les pas du couloir de la mort qui venait l'arracher à la fête du monde.

Aussitôt, des frissons lui parcoururent tout le long du corps. En essayant de gagner son lit, il percuta des bibelots et des vases qui se fracassèrent contre le carrelage. Ses jambes avaient refusé de répondre aux stimuli de son cerveau.

Quand il put enfin s'allonger, des fourmillements lui laissèrent présager qu'il perdait la sensibilité de ses extrémités. Cela n'allait pas sans rappeler ces patients aux dernières heures de leur vie, les yeux sortant des orbites, un mucus tacheté de sang aux commissures des lèvres. N'ambitionnant plus que la fin.

Une injection et ils déposaient enfin les armes pour trouver dans la mort la réparation qu'ils n'avaient jamais pu trouver de leur vivant.

Comme son pouls faiblissait, il fit son mea culpa, sa vie terrestre défilant devant ses yeux.

D'abord les premières aires de jeux, puis le premier porno à la suite duquel tout a basculé.

Adam et son frère, qui formait avec lui la fratrie Voisier, partageaient alors un train de vie encore loin des préoccupations politiques ou économiques.

Souvent, ils étalaient un fin tapis de jeux sur le gazon du jardin du Lac, y déversaient des babioles les après-midi où ils n'avaient pas classe. Ils pouvaient y gambader en toute liberté et jouer avec des voisins.

Lui était réservé, presque maladivement, son frère craintif et délicat. Ils formaient, tous deux, une force qui se repaissait l'une de l'autre. Celui qu'on réprimandait trouvait un défenseur en l'autre. Ils agissaient toujours de manière complémentaire. Adam dessinait, son frère commentait les croquis. Et lorsque le frère se battait, c'est Adam qui s'excusait en son nom.

Tous les jours, ils devenaient un peu plus fusionnels, aussi inséparables que les doigts de la main. Ils interagissaient en toute occasion, à l'unisson, se suppléant l'un et l'autre quand ils étaient à court d'inspiration ou en difficulté.

Cette complicité leur promettait des aventures trépidantes, leur permettait d'apprendre l'un de l'autre, les stimulait pour qu'ils se confrontent au monde extérieur en toute confiance.

Du moins, c'était ce que cette relation paraissait être à Adam : un refuge contre les agressions de l'environnement, une histoire d'amitié exceptionnelle et comme il s'en faisait que peu.

Ce furent tous ces aspects d'une relation fraternelle saine qu'il recherchait à travers leurs échanges et cette expérience.

Les souvenirs de leurs plus beaux moments se superposèrent jusqu'à atteindre les profondeurs de son intériorité.

Des flash-backs, comme les tressautements d'un cœur sous électrochocs, amplifièrent son malaise : séances d'habillage, jouer à chat, peindre et chanter. Et puis, des bris de vaisselle, des fuites au bout du monde, un départ sans retour.

Sa tête lui faisait mal. La nuit devenait plus sombre. La veilleuse, que représentait ce passé si plein de couleurs, mourut pour le laisser seul et grelottant. La force le quitta. Puis le désertèrent, peu à peu, sa conscience et sa présence aux pulsations de son cœur battant. Il s'évanouit.

Il crut alors à une disparition effective. Mais, plus tard, réapparaîtront ses bourreaux. Il comprit que c'étaient les symptômes de la mort et ce fut, désormais, pour lui, le signal que ses jours étaient comptés et que ce à quoi il aspirait se réaliserait.

Peu après l'arrivée du soleil au zénith, il s'éveilla alors qu'un courant d'air venait lui chatouiller les narines. Le temps s'était rafraîchi. Il devait même neiger. Un climat nouveau s'installait dans l'arrondissement.

Adam Voisier se précipita vers la fenêtre. L'hiver avait visiblement débuté : l'air était froid et des flocons de neige pour constater le commencement de l'hiver. Il se demandait encore s'il avait survécu à la faux des Parques, la nuit du samedi au dimanche.

Les symptômes s'étaient dissipés, mais sa vue restait brouillée. Son regard avait quelque chose de prostré. Il ne savait s'il devait se réjouir d'avoir échappé à la torture de ses souvenirs ou se lamentait pour les difficultés à venir.

Maintenant, six semaines se sont écoulées depuis l'apparition de l'annonce publicitaire pornographique sur l'écran de son ordinateur. Un accroc qui l'a rendu adepte de violence et de maltraitance sous couvert de plaisir et de volupté.

Il aurait pu s'écouler six ans et il n'avait rien entrepris pour étouffer ses appels d'animosité. Son opinion demeurait inchangée. Il ne dirigeait pas son désir vers ce qui était agréable, et ses souffrances, bien que tues, restaient vivantes.

Cette addiction comportementale compulsive lui semblait appartenir au même mécanisme que la dépendance tabagique. On garde le dessus sur l'accoutumance aussi longtemps que l'on a pas rechuté.

Pour l'addiction au tabac, la difficulté résidait en ce que le tabagisme passif pouvait inciter facilement à fumer. C'était tout à fait la situation qu'il traversait. Son environnement pullulait suffisamment de débauche pour stimuler son envie de recommencer.

Cette observation avec un tempérament maussade hérité d'une dépression saisonnière le précipitait dans une vive amertume.

Le problème ne se résolvait pas et cela le condamnait à subir des maux sourds, des angoisses et des préoccupations poignantes.

Derrière la fenêtre, le vent tourbillonnait avec le volètement de débris de branches et de feuilles.

Le soleil pâlissait à mesure que le jour mourait. De fins flocons de neige, presque imperceptibles, se posèrent timidement sur un semblant de gazon. Ce spectacle météorologique l'émut.

Le reste du monde se pavanait, s'offrait, s'étalait, pour le plaisir des sens et le bonheur de chacun quand le plus grand nombre n'en concevait, chose étonnante, que tristesse et spleen.

Lui, il s'y soustrayait. Il reculait avec l'idée que des faux couraient les maisons et les cours au service des misérables. Le confort de la vie terrestre le prenait dans ses bras pour tenter de le consoler au coin d'un feu pétillant ou au pied d'une rivière rafraîchissante, mais vainement.

Sur le gazon, un fin tapis de cristal ruisselait de mille éclats. Un espace boisé à perte de vue, grouillant d'animaux ailés, un territoire pour les félins de gouttière, subjuguait l'ouïe des passants revenant de la rue voisine, les oreilles encore toutes bourdonnantes des sons de la ville.

Absorbé par le spectacle autour de lui, il se tirait peu à peu du nuage ténébreux de ses ruminations.

Progressivement, il fut moins assailli par des pensées toxiques et sa tête se tut, laissant place à une complétude douce et agréable.

Bientôt, ces contemplations ne lui suffirent plus. Il fallut libérer le champ du regard jusqu'à l'horizon, ne point suspendre sa curiosité aux limites des trois cents mètres qu'il voyait depuis sa fenêtre.

Le choc qu'il vivait lui apprenait la méditation, neutralisatrice des états d'âme, à respirer au grand air, à se nourrir du regard des couleurs et des richesses de la nature pour répondre aux besoins qui lui faisaient défaut.

Mais, cette fois, il se retrouva comme au bord d'une falaise, à la dernière page d'un livre d'histoire, au rendez-vous de l'astre solaire. Il se retourna.

Dans la maison, tout semblait refléter l'abandon, la ruine. Il tenta, en vain, de retrouver parmi tout ce désassemblage, ce que pouvaient susciter en lui les étalages de verdure et fourmillement des êtres dont il venait de se repaître.

Où se sentirait-il le mieux ?

Il se dirigea vers le bureau : une table de cuisine rabattue sur une seule pièce, ornée d'un écran d'ordinateur, un pot à crayon, un vase d'hortensias et deux ou trois livres épars de psychologie, de gastronomie, un roman d'Amélie Nothomb.

Il s’y installa, la tête dans les mains, en cherchant à se remémorer ce qui a pu être la source de toute cette impasse.

Sa tête lui pesait lourd. Ses yeux larmoyants et hébétés s'inclinaient d'épuisement. Un halo de lumière transperçait le carreau de la vitre pour s'infiltrer dans la pièce sens dessus dessous. Au contact de la lumière, ses yeux tombèrent comme le bras d'un mourant. Il tomba lui-même, la tête dans les bras, sur le clavier de son ordinateur.

Dans un semi-rêve, il se vit se relever. Il bascula, tête la première, dans une vision oppressante. Il alluma son ordinateur comme il l'avait fait il y a près de deux mois. Cette annonce publicitaire pornographique réapparut. Comme une obsession. Une femme, brune, fluette. Un plan américain.

Ce spectacle l'éprouvait. Un attentat de ce calibre, c'était un impact énorme sur sa personnalité. Si tant est que la personnalité soit une sexualité. Du moins, c'était impactant pour toute notre appréhension des choses, que nous politisions, mangions ou lisions. Ça, il en était sûr.

Un tel attentat marque une empreinte sur tous les pores de la peau, dans l'esprit, il s'infiltre dans la gestuelle, s'immisce dans le rapport à l'autre.

Plus l'image tournait en boucle sur l'écran, plus Adam était convaincu de la réelle problématique sous-jacente à ces mœurs.

Ce voyeurisme mal placé n'était qu'une version amplifiée de toutes ses inclinaisons.

Des agents obscurs permettaient que ce voyeurisme se répande. Ils cherchaient à briser des barrières pourtant essentielles à la conservation des qualités humaines.

Et que l'homme visionne fréquemment ou ne s'autorise qu'un seul regard, il est précipité dans le désarroi avec la même fulgurance.

D'ailleurs, un seul regard ne pouvait laisser indifférent, offensant pour les mœurs et valeurs morales. Et puis, à force de le répéter, il s'ancre solidement dans l'esprit.

Sur l'écran, la femme se tortillait, violentée de manière si salace que l'on ne pouvait concevoir d'autre opinion depuis cet angle de vue.

Son jeu le fit tressaillir. Les belles au bois dormant des princes, les nanas de Tom-Tom détenaient-elles quelque chose de ce qui se jouait là, aussi infime soit-il, qui ne soit que l'ombre, l'abstraction de ce qui se matérialisait là ?

Adam se représenta son âge et sa maturité, mais il ne pouvait aborder cette question sans être renvoyé à l'époque où tout cet engrenage avait puisé sa force.

Comme ces grandes personnes qui ne se départissaient jamais de leur opinion de jeunesse… Il se recroquevilla.

… La puberté fait seulement éclore leurs timides intuitions et les interrogations propres à la nature de l'enfance encore tellement présente. Plus tard, elles leur offrent l'accès aux secrets de l'amour.

Adam voyait très mal le rapport entre ce dévoiement de la plus vile corruption et ce que pouvait engendrer l'innocence juvénile.

Il y avait une bestialité qui n'était pas conforme au respect de soi et de la nature de l'homme.

Il y avait quelque chose qui tenait de la mutilation, de la violence, de la mésestime de soi.

Celui qui est témoin d'un pareil drame ne refuse pas ce principe. On peut s'imprégner de cette corruption des mœurs, finir par la faire sienne, mais la première répulsion, elle, demeure présente.

Cette expérience fut pour lui traumatique. Et à mesure que le désir, le plaisir et la demande croissaient, le trauma s'aggravait, suscitant un mouvement de recul, un enfermement dans le mutisme, provoquant des ruminations ou des émotions inconfortables suscitées, en premier lieu, par ce qui est acquis du visionnage.

Adam se débattit en dormant. Il tressauta par à-coups, comme si on l'abattait à coup de fusil. Le sommeil est ainsi, ne freinant aucune impulsion, ligotant le dormeur par son relâchement, l'empêchant d'être réactif aux manifestations des blessures qui cherchent à se faire entendre au-delà de la conscience.

Il tenta de s'arracher à ces visions.

Lorsque les ardeurs de sa vision s'éteignirent, il retrouva sa pleine conscience. Il rabattit l'écran de son ordinateur, courut vers la salle de bains pour se passer de l'eau sur la figure. Il culpabilisait au sujet de ce qu'il pensait pourtant n'avoir nullement provoqué. D'abord, sa compagne et lui avaient dîné, puis il avait allumé cet écran d'ordinateur pour tuer le temps. Un article traitant de la féminité donnait des conseils de maternité, de beauté ou de culture. Il l'avait ouvert. La page de présentation était un leurre, car tout le contenu était pornographique, rien moins que de la hard pornographie.

L'espace d'une seconde, comprise entre la surprise de cette apparition et une réaction de recul, Adam avait ressenti les effets de la rechute remonter en lui.

Il finit par sortir de la désolation dans laquelle il était plongé. Puis, peu à peu, il fut repris par des tentations rampantes que cherchaient à entretenir des images abominables.

Sa vision commençait une nouvelle fois à s'altérer. Des insufflations de la pire horreur l'agrippèrent comme des mains poisseuses. Des gouttelettes perlaient sur tout son visage. Les contours de ses yeux rougeoyants menaçaient de se transpercer. Il aurait voulu courir, s'enfuir, mais il y avait comme un cercle autour de lui. Peut-être ses insufflations lui causaient-elles des hallucinations.

Il se tourna, puis se retourna, se sentant entraîné dans un gouffre auquel il ne pouvait résister.

Peu à peu, son sentiment devint plus dur, moins émotif. Son regard sur lui-même devint insensible. À présent, il était exclusivement question d'assouvissement, de délectation. Une addiction vieille de vingt-cinq ans était remontée à la surface, neuve et ressourcée pour frapper plus durement un homme déjà bien enlaidi. Il survivait tant bien que mal à un extrême jusqu'à l'impossible.

La fièvre du désir lui brûla les tempes. Adam crut qu'il délirait, qu'une pathologie innommable l'habitait. Les insufflations en vinrent presque à se matérialiser. Des bras aux extrémités pointues le bousculèrent, se frottèrent à ses frêles membres et, à tout ce dérèglement, s'ajoutèrent des tensions qui le poussaient à commettre sur lui-même de réelles tortures.

Adam semblait n'être plus lui-même. Ses mains caressèrent ses bras tout en muscle et se promenèrent tout le long du torse comme s'il en était dépossédé et qu'il agissait sous les ordres d'une entité inqualifiable.

Avec la poussée de la fièvre, ses gestes devinrent plus vigoureux, de loin en loin brutaux.

À la brutalité se substituèrent l'agressivité et la douleur.

Très vite, la situation devint insoutenable. Les insufflations finirent par baisser le ton. Des pépiements d'enfants déchirèrent le tissu de la nuit feutré par l'opacité de ses ténèbres.

En son sein, des chants de rondes, des courses de jeu, les hourras de vainqueurs, une ambiance hypertonique et vivace qui balayèrent, d'un revers de la main, le sifflement des insufflations, captivant l'attention de l'homme comme un ensorcellement.

Progressivement, il eut moins chaud. Quand il reprit pleinement conscience, il remarqua qu'un biper harcelait nerveusement sa messagerie.

Adam se frotta les yeux et patienta le temps de revenir tout doucement à un état émotionnel normal, à la suite d'une vision qu'il qualifiait en lui-même de vilenie.

Il alla mettre sur la gazinière une cafetière, puis se passa de l'eau fraîche sur le visage et le cou.

Lorsqu'il ouvrit le message devant sa tasse de café brûlant, il s'aperçut qu'il avait été posté il y a cinq jours. Le jour où il devait emporter ses valises pour la Mahomerie de Valence.

Il avait besoin d'une retraite spirituelle et peut-être de renoncer définitivement à la vie mouvementée et indépendante qu'il avait menée jusqu'ici.

Il y a cinq jours, on avait fixé le jour où le personnel était prêt à le recevoir. Il passerait avec eux deux semaines afin de se familiariser avec le milieu et la discipline qu'on y inculquait, puis libre à lui de rester ou de partir. S'il restait, cela déciderait de son engagement.

Trois jours plus tard, son comportement compulsif était réapparu et, lui succédant, un profond découragement à tendance suicidaire. Il n'était pas venu.

Le message provenait du responsable.

Monsieur Voisier,

À cette minute où je vous écris, nous sommes tous confondus par ce qui a pu vous arriver.

Nous avez-vous faussé compagnie ou aviez-vous besoin qu'on vous soit utile d'une quelconque manière ?

Pour vos confrères, vous faisiez déjà partie de la maison et ils sont bien tristes que vous ne puissiez, pour une raison que j'ignore, honorer leur sollicitude et vous joindre à eux.

Barbara m'a beaucoup parlé de vos motivations, le milieu auquel vous cherchez à vous soustraire et vos ambitions pour la communauté de la maison.

Nous pensons qu'en ce lieu, vous retrouverez un peu de paix, car il vous offrira un milieu sécurisant et du réconfort.

Si vous décidez de suspendre vos démarches, nous aimerions, vos confrères et moi, nous assurer que vous êtes remis entre de bonnes mains et que vous avez trouvé une réponse à vos attentes.

Vos confrères et moi, responsable internat

Ce message inspirait à Adam un éventail de réponses, mais il préféra attendre, le temps de laisser son opinion venir à maturité.

Finalement, ne pouvant plus se laisser torturer par mille angoisses, Adam répondit au responsable en s'évertuant à ne pas être trop maladroit.

Chers confrères, Monsieur le responsable,

Votre préoccupation me touche. Je suis fier de vous avoir rencontré à une minute où je ressentais le plus vivement les embarras et les difficultés de ma vie civile.

Mon silence n'était pas calculé mais j'ai eu un imprévu. Je regrette que cela ait compromis votre emploi du temps. Permettez-moi de vous proposer un entretien mardi matin.

Adam Voisier

Cela suffisait-il ? Il cherchait plus à extérioriser ses tensions psychologiques que de transmettre une information quelconque.

Mais ce message du responsable l'avait sorti de son malaise. Du moins, dans une proportion qui l'aidait un peu à relativiser les choses.

Cela le renvoyait à son aspiration à la repentance, sa persévérance dans le bien.

Il réfléchit. Non. Il n'était plus en son pouvoir de prendre quelque initiative que ce soit. Il avait perdu le contrôle, il n'était même plus capable de prendre du recul.

Les gens de la Mahomerie étaient ceux qui pouvaient appréhender les choses avec le plus de force d'âme. C'était dû à la force de leur foi et aux mœurs auxquelles ils n'ont cessé d'être fidèles toute leur vie.

Déployer ce moyen participerait à réanimer un être menacé d'extinction.

Un séjour en Terre Sainte devait être soit une oasis aux confins du désert, une source de délectation et de bien-être, soit un environnement incompatible avec une personnalité qui n'a pas été nourrie, en tout temps, qu'avec les fruits de la débauche.

Voisier en conclut qu'il pouvait y faire un tour, mais qu'il refuserait toute hypocrisie. C'est la règle : la sincérité mène au plaisir, arme au moyen de laquelle il arrivait toujours à surmonter ses contrariétés. La sincérité permet de révéler en nous des secrets insoupçonnés et ferme la porte aux soupçons et aux doutes qui n'ont pas de raison d'être. Il n'y dérogera pas.

Adam en vint même à s'impatienter, craignant qu'une attente trop longue ne réussisse à faire réapparaître ses vieux démons.

Ne sachant pas quoi faire de plus à une heure aussi tardive, il fouilla dans une armoire pour y dénicher un sac. Pas un sac trop petit ni de valise pour soixante jours. Au cas où il déciderait de rentrer plus tôt… Il n'avait pas besoin qu'on pense qu'il se sentait promis à la religion.

La lune se faisait plus vive, la nuit s'épaississait, déchirée par le hurlement de quelque animal nocturne. Sûrement un chien-loup taquiné par un sans-abri alcoolique ou un chien de Berger qu'on avait laissé enfermé à l'intérieur.

Adam cherchait à s'endormir, mais sa vulnérabilité mettait ses réflexes à dure épreuve.

Soumis à des angoisses impitoyables, il cherchait à se préserver comme il pouvait de son hyperactivité mentale.

Quand le jour pointa, il ressentait tout l'épuisement de son âme meurtrie, toute une nuit durant, par les persécutions suggestives de son critique intérieur. Il réussit à s'endormir une heure, puis se leva dès la première sonnerie du réveil. Il devait en finir avec sa torture psychologique et aller de ce pas concrétiser les aspirations qui lui étaient devenues vitales en quelques jours.

Le responsable fit venir un chauffeur.

« Monsieur, le responsable n'était pas sûr que vous viendrez. Il m'a chargé de venir aux nouvelles. Repartez-vous avec moi ? »

« Oui. »

À l'entrée intérieure de l'établissement, le groupe des fidèles attendait l'arrivée d'Adam.

Ce dernier pensa, en apercevant la rangée d'hommes comme des piquets à l'entrée de la Mahomerie, qu'ils se préparaient à célébrer un événement de la plus haute importance. Cela l'effraya quelque peu.

En entrant, il inclina légèrement la tête pour saluer le groupe de fidèles, puis chercha le responsable des yeux.

Il arriva quand des murmures commençaient à se faire entendre. Aussitôt que le groupe commença à bruire nerveusement, le responsable racla sa gorge pour demander son attention.

« Marius, faites appeler Jean. »

Il présenta à Adam le groupe des internes ainsi que Jean qui était de la trésorerie et lui montra la chambre qui allait être la sienne pour le temps de son séjour.

Adam refusa poliment l'offre du responsable, lui offrit de rester en contact et demanda un entretien avec Jean.

« Mon ami, si vous adhérez, vous pourriez… »

Le responsable s'empourpra. Il se sentit impuissant face à cet homme que la vie avait malmené, impuissant à ne pouvoir lui offrir plus.

« Merci, monsieur le responsable. »

Il refit ses bagages, puis reprit la route pour rentrer chez lui, là où il avait prévu de se terrer des jours et des jours, ne sachant ce qui pourrait survenir de plus calamiteux encore. L'autodestruction où l'avait mené son erreur de jeunesse, c'était déjà assez.

Arrivé à son domicile, rue du Printemps, il gagna son lit pour deux bonnes heures de somme.

Une femme brune, puis plusieurs autres vinrent peupler ses visions. De gros plans illuminés de la couleur de la chair se dessinaient à chaque coin de rue, partout autour de lui. Un écran pour les waters, une bande de pervertis aux ébats grossiers dans chaque coin de l'appartement. Peu à peu, le volume augmenta, les débauches se firent plus nombreuses. Adam cria à pleins poumons.

Son obsession décuplait les visions. Le moindre des pores de sa peau était imprégné de ces pulsions, et l'image de la brune se calquait sur tout ce qu'il voyait. Devant lui, des femmes grosses, rousses, des enfants, des ustensiles utilisés d'une façon étrange, des bibelots dans une forme pas moins suggestive.

Quand l'obsession ne trouvait pas de support, elle s'infiltrait dans les objets, les paysages, les discours.

Il ne s'était assoupi que vingt minutes. Un mauvais quart d'heure, mais nécessaire pour repartir à l'affrontement, après les difficultés endurées au cours de la journée.

Sa rencontre avec les membres de la Mahomerie avait bousculé un peu ses préjugés. À présent, il se sentait capable d'avoir un regard mélioratif sur la situation.

Mais, hélas, cela ne dura pas. À mesure que le temps passait, les doutes et le découragement regagnaient du terrain.

Et quand il fut convaincu de sa propre insuffisance, ses délires et symptômes réapparurent de plus belle. Il ne garda alors rien, ni de ses honnêteté et sensibilité, ni de sa bonté.

Non loin de là, des présences insufflatoires guettaient un moment de négligence. Comme un phénomène impactant les sens en même temps que source d'affaiblissement moral.

Tantôt, à grand renfort d'images suggestives, elles cherchaient à soulever en lui des pulsions physiques inhabituelles et embarrassantes, tantôt elles usaient de ruse pour tromper sa confiance en lui faisant miroiter des fantasmes.

Adam se leva. Il se dirigea doucement vers son bureau. Il aurait voulu un café, mais son abattement moral éteignait en lui tout élan de vitalité.

Il réfléchit. Où en était-il resté quand il avait reculé ? Quand avait-il avancé ? Il rentra la tête dans les épaules : tout se compliquait.

Il s'est avancé pour la dernière fois lorsqu'il avait décidé de s'entretenir avec Jean au sujet de ce qui le tourmentait et il a pu recueillir un maximum d'exhortations et de conseils pour cesser, pour un temps, de se penser foutu et irrécupérable.

Sieur Jean s'était indigné de le voir cultiver ainsi un lien hors des affaires de la foi.

La dernière fois qu'Adam avait reculé d'un pas, c'était au moment où il avait refusé de s'investir dans sa désintoxication d'une consommation pornographique assidue depuis des années. Cela par désintérêt et mésestime de lui-même.

Avec le temps, les réminiscences de ses visions s'étaient estompées. Mais le désir, c'était une histoire de tous les jours.

In petto, Adam réfléchissait. Une demi-heure ainsi, les yeux rivés vers le plafond, support de ses réminiscences et visualisations mentales, le souffle saccadé. Parfois, des visualisations angoissantes parsemaient l'imagerie de son intériorité psychique. Un spasme dans chaque membre, il guettait scrupuleusement le moment de frapper, d'échapper à son tourment.

Le déjeuner arriva. Adam avala sans appétit un plat de ratatouille, puis se pencha sur son ordinateur, indécis.

Il rechercha le contact de Sieur Jean. Il avait besoin d'entendre sa parole, lui dont la détermination le stimulait. Il répandait en lui une paix intérieure et une jouissance comme il n'en connaissait que rarement.

Jean,

Permettez-moi de m'excuser si je vous ai offensé par ma décision.

Pendant un moment, j'ai pensé moi-même que mon destin m'appelait aux vœux de votre confession.

Comprenez que mon environnement, bien qu'il soit, quelquefois, toxique pour la paix du cœur, est devenu pour moi aussi naturel que l'eau de mer pour le poisson.

Peut-être aurait-il fallu procéder par étape et sans brutalité. Comment vous occupez vous ? Êtes-vous disponible ?

Adam

Adam posta son message, enfila sa veste, puis alla marcher un peu dans la ville.

Sieur Jean laissa passer quelques semaines avant de se laisser convaincre qu'il était de son devoir de ne point repousser l'aveugle. Quoiqu'il déciderait de planifier, il devait rester dévoué et déterminé.

Il hésita à en parler à ses amis, mais s'y résolut après quelques hésitations, car il ne se sentait pas incapable de prendre ces responsabilités.

Il se tourmenta, écrivit des messages qu'il n'envoyait pas, ne formulait pas une prière sans être distrait par la préoccupation qu'il se faisait d'Adam.

Se contenir et rester rationnel devenait une difficulté insurmontable. Il s'irrita contre tous, resta des heures prostré devant un bénitier à se répéter combien un homme de foi pouvait être insignifiant par ses imperfections et son impuissance ; impuissance couplée de tendances malfaisantes.

Sa relation peu commune avec Adam avait soulevé des problématiques qu'il n'avait jamais soupçonnées.

Maintenant, il pouvait se juger lui-même à l'aune d'une personnalité autre que celle sans nuage des membres de la Mahomerie.

Tout ce qui touchait en lui un point sensible le renvoyait à sa médiocrité, à ses illusions alors que les inspecteurs religieux de la Mahomerie ne veillaient qu'au fonctionnement des rites, qu'à l'aspect extérieur ou formel des choses.

« Jean ! Jean ! »

Au moment où Isaac appela Jean, ce dernier laissait libre cours à une rêverie comateuse qui ne faisait que fragiliser son intégrité mentale.

Il connaissait bien Isaac. Quand il priait, les yeux cherchant à percer la façade interne de la coupole de la Mahomerie pour trouver un refuge dans l'immensité des cieux. Quand il s'asseyait sur le coin d'un banc pour scruter les entrées des visiteurs, las et, sur la figure, le poids des pratiques cultuelles à répétition au même temps que l'empreinte de mille regrets dans le creux de ses rides.

Quand celui-ci l'avait appelé, Jean était absent à lui-même. Comme sujet à un malaise, l'esprit accaparé par une méditation forte et douloureuse.

Sa douleur l'affligeait tellement qu'il devait surveiller les effets néfastes qui en découlaient, chercher un appui en formant de sa conscience une barrière sécurisante.

Les sollicitations d'Adam et ses principes humanistes bousculaient assez ses tendances religieuses. Il abordait un terrain escarpé qu'il avait peine à franchir sans encombre. Et puis, son statut de religieux ne lui permettait pas d'être aussi confirmé en matière de jugement quant aux addictions humaines comme pouvait l'être un soignant ou un spécialiste.

Il n'avait suffisamment goûté aux tentations pour pouvoir les palper, les jauger et en dégager des conclusions correctes.

Il s'en faisait une obsession. Et à mesure que ses pensées tournaient en boucle, il luttait contre la torture des ruminations mentales qui assombrissaient sans ménagement l'horizon de sa vie.

« Isaac ne dites rien…

Vous souvenez-vous d'Adam ? Il cherche à correspondre… »

« Jean, faites ce qui vous semble juste.

Mais ne restait ni dans le mutisme, ni en retrait de votre voisinage. Vous comprenez ? »

Le risque de se corrompre lui avait traversé l'esprit. Mais Jean n'y accordait pas vraiment de crédit. Au contraire. Quelquefois, cela pouvait être nécessaire et participer aux bonnes mœurs.

Des pas résonnèrent dans l'enceinte. Les deux hommes joignirent leurs mains avec empressement.

« Mon Seigneur, je Te prie de m'inspirer tout ce que je dois entreprendre afin que Tu sois satisfait et, certes, ce sont les bons actes et les bonnes paroles qui Te satisfont. »

« Mon Seigneur, quoi que Tu auras décidé, je ne me montrerai ni renfrogné ni ingrat : soit témoin que je prends mon vœu comme bouclier. Et, certes, Tu entends bien les prières. »

Durant toute la journée, il vaqua à ses occupations avec une extrême application, s'entretint avec tous ceux qu'il rencontrait au sujet d'Adam, des prêches et des vœux de confession.

Le soir arrivé, il s'empressa de se connecter à son ordinateur.

Adam,

Vous me trouverez à votre disposition quand vous le voudrez.

Nous rentrons du jardin. Nous avons planté des petits pois. Et des jeunes ont préparé des petits pains pour la Réunion des Fidèles.

Je ne dormirai pas trop tard. Mes os commencent à faiblir.

Une fois le message envoyé, je bouquinerai encore un peu avant l'extinction des feux.

Comment allez-vous depuis la visite que vous nous avez faite, Jean ?

Mon cher,

Félicitations pour ce que vous avez récolté de vos efforts. Depuis ma dernière visite, rien n'a vraiment changé.

Mais vos paroles et vos services m'ont beaucoup réconforté.

Grâce à vous, je vis un peu plus du côté de la lumière. Je me suis querellé avec deux amis. Leur fréquentation m'insupportait. Du point de vue rationnel…

J'ai recommencé la lecture. Je vois que, pour vous aussi, cela fait partie de vos usages.

Vous aimez les drames psychologiques ?

Jean scruta son étagère de livres. De quel drame psychologique avait-il jamais fait la lecture autre que les plaintes des fidèles ?

Les récits, les biographies, les livrets de prêche avaient toujours une fin honorable. Un saint mourrait en martyr, Dieu renversait les peuples de malfaisants, les opprimés retrouvaient leurs biens et leurs familles.

Dieu châtiait les injustes, mais Il offrait toujours à ses esclaves de garder un espoir.

La gloire et le mérite du Seigneur ne souffraient pas que toute vie puisse être l'histoire d'un échec.

Le drame psychologique, c'était le drame d'une vie à mi-chemin entre une menace d'oppression et une réussite incertaine, quelquefois, rappelé par la plaisance des petits bonheurs, avant-goût d'un paradis aussi grand que les cieux et la terre.

Adam,

Félicitations aussi pour votre combat et ce que vous avez pu en obtenir.

La Parole du Seigneur a quelque chose d'universel et d'infini qui donne matière à renouveler sans cesse l'entretien que l'on en fait dans nos esprits.

Cette Parole m'accapare à tous les angles, m'accompagne en toute circonstance, me vivifie.

Je ne donne que très peu de loisir à mes lecteurs du monde, mais on me conte beaucoup d'histoires, car notre maison se veut très proche des fidèles.

Les drames psychologiques que vous lisez au fil des pages, ils sont tout faits, tous ficelés de sorte à satisfaire les lecteurs et leur inspirer confiance. Les chutes ne sont pas dépréciables. On a envie de renouveler l'expérience sans crainte d'être affecté par des révélations pessimistes, des chutes décevantes. Et quand la chute de l'histoire est décevante, qu'elle soit une fiction tranquillise.

La vie d'un homme, au moment où il la vit, est toute autre. Il est en perdition, sujet à l'imprévisibilité des événements, entraîné à droite et à gauche sans savoir où il atterrira et ce que la vie a à lui promettre.

Souvent, il se bat. Il lutte contre lui-même, contre ses tentations et ses faiblesses. Il lutte contre les nuisances d'un monde où cohabitent anges et démons réunis. Il lutte contre les forces de la nature, contre ses concurrents, ses détracteurs, son côté machiavélique.

Il n'est sûr de rien ni de remporter du succès ni de rester purifié jusqu'à l'instant décisif.

Vos témoignages livresques, tragiques ou plus encore, ce sont des friandises pour enfants, des bijoux de pierreries pour femme coquette, un havre de paix en campagne pour un homme de la ville.

Ce sont des évasions, des catharsis, des entreconnaissances. Rien qui ne soit une condamnation de l'homme à gagner comme à perdre…

… Rien qui ne soit une malheureuse prédestinée et la moitié des chances de lui être décrétée, qui ne soit un être incapable de restaurer son bien être à cause de ce dont il est éprouvé.

Mais, dans vos lectures, je suis sûr que vous trouvez nombre de similitudes avec vos expériences de vie, pour peu qu'elles ne répondent à des exigences surréalistes ou science-fictionnelles.

Encore que certaines représentations de cet ordre soient symboliques de faits réels. La plupart ne sont qu'encodement de faits empruntés à une réalité communément reconnue.

Vous pourriez me corriger au cas où mon jugement serait insuffisant. Je vous lirai avec grand plaisir.

En espérant que je ne vous ai pas trop ennuyé, je vous souhaite mes vœux de réussite et d'accomplissement.

Votre ami dévoué

Adam comprenait assez.

S'il rechignait contre ce jugement – à moins que ce ne soit un faux jugement – c'est que lui devait être aussi quelque peu rigoriste.

Mille intentions traversèrent son esprit. Mais, comme la sincérité lui importait beaucoup, il s'efforça de garder son calme et tenta d'apprivoiser son sentiment le plus vrai.

D'abord, il reconnut que son cas était passé au rouge. Il était menacé par son inaction dans son intégrité psychique, sa spiritualité et sa personnalité.

Mais la résolution qu'il se proposait de mener à bien n'était pas incompatible avec l'effort et le devoir.

Il fallait attendre encore un peu.

Deux messages, c'était trop peu pour gagner en confiance et apprendre sur lui-même.

Adam méditait sur ce qu'il venait de lire. Il n'était pas question, pour lui, de refuser de s'imprégner de l'expérience qu'il venait de vivre. Il était convaincu qu'il y avait en cela un enrichissement subtil : un facteur d'équilibre.

Dans la journée, il eut peine à rester concentré sur ses occupations routinières. Ses réminiscences de lecture accaparaient tout son esprit. Il butina de tâche en tâche, profita des plaisirs de la vie, tantôt appréciant un plat méticuleusement bien préparé, tantôt postant sur son blog Médias et Actualités un article dont il espérait obtenir quelque éloge.

En fin de journée, il se dit que faire durer les supplices de l'attente n'apporterait qu'une perte de temps.

Il relut la dernière lettre de Jean, puis décida qu'il lui parlerait franchement. Il avait besoin de se regarder en face, de cerner les problématiques qu'il avait à résoudre.

Ainsi, il espérait faire un don de soi sincère et, par cela, déceler ses réelles souffrances, ses émotions les plus authentiques.

Il était venu le moment pour lui de prendre enfin le taureau par les cornes et de se tirer d'affaire.

Cela, c'était pour ceux qui ne limitaient pas le fléau du porno à un simple incident qui pouvait se résoudre en le renvoyant aux oubliettes, mais le voyaient comme une partie d'un tout, une source de maux, une complexité qui peut avoir de tristes et malencontreuses conséquences.

Il convoqua sa spontanéité, puis brancha son ordinateur.

Cher Jean,

Ce que vous avancez est juste. Et, cela, personne ne peut vous le contester.

Et puis, nous ne sommes pas si opposés en nos aspirations propres. Tout simplement parce qu'en nos caractéristiques et notre nature nous ne formons qu'un.

Les Saintes Paroles, nous en avons tous une certaine résonance en nous. Résonance qui diffère d'une personne à l'autre, comme un trait de personnalité.

Mes lectures, quant à elles, ce sont les Passions, ce que l'on ne peut penser que tout bas, nos vergognes, nos rébellions. Finalement, ce qui existe en tout un chacun, car sinon on serait parfait, irréprochable, infaillible.

Quand elles sont fictives, ces lectures inspirent des lignes de conduite. Elles sont enrichissement et préservatrices de nos aptitudes réflexives.

En revanche, quand elles s'inspirent de vérité, de faits vécus, elles nous permettent de nous identifier aux personnages et quelquefois de rehausser le mérite de nos vertus.

La parabole, dont on peut trouver quelques exemples dans les Saintes Écritures, est comparativement la même que la fiction qui se lit dans les bibliothèques pseudo-profanes.

Soit.

Quelle recommandation de lecture me feriez-vous ?

Adam

Le xx/xx/xxxx

Jean avait profité d'une promenade dominicale pour s'éloigner du groupe.

Il avait emprunté un sentier qui menait à un champ de maïs proche de la ferme Cotin : une ferme héritée de père en fils pour l'approvisionnement des marchés couverts de la région.

Non loin du champ, un espace boisé servait de lieu de détente aux agriculteurs de la ferme. Il était aussi ouvert au grand public pour le bien du tourisme et créait des revenus supplémentaires.

Sur l'un des bancs, il s'était adossé pour lire son message, plissant ses yeux las et alourdis par les lectures récurrentes des Saintes Écritures. Des poches de larmes dans le contour des yeux étaient comme prêtes à s'écouler à la moindre charge émotionnelle.

D'abord, il fut touché par l'intérêt qu'Adam lui montrait visiblement.

Ensuite, il analysa chacune des idées. Il soupçonnait chez Adam une certaine méfiance vis-à-vis des questions religieuses, par crainte de se sentir jugé sans doute.

Peut-être traversait-il une épreuve qui le fragilisait. Cette fragilité expliquait très clairement sa soumission.

Pourtant, son discours était empreint d'une tonalité sans commune résonance avec les chants d'un cœur illuminé par la grâce de la foi. Car, d'un autre point de vue, il affirmait, par tout ce qui se dégageait de son discours, avec détermination, qu'il n'était d'aucune confession.

Des lectures ? Ses lectures n'étaient nullement prohibées. Ce qui semblait répréhensible, à ses yeux, c'est la manière dont il pouvait les appréhender, l'influence qu'elles pouvaient exercer sur lui qui l'emprisonnait dans un seul et même registre, lui prodiguant une seule et même nourriture, ce qui rendait sa personnalité incompatible au reste du monde.

Varier ses lectures et choisir les plus stimulantes, cela lui permettrait de donner plus de couleurs à son état mental. Et ses lectures spirituelles lui donneraient l'encadrement dont il aurait besoin.

S'il parvenait à s'imprégner de l'univers de son ami, en ayant l'audace de faire sien tout ce dont Adam se nourrissait, le cheminement qu'il traversait, il traiterait mieux le problème. Et pourquoi ne mettrait-il pas en œuvre son empathie, vertu d'homme de cœur et religion, pour agir ?

Cependant, il craignit pour lui. Il craignit l'influence. À cause de ses faiblesses. Des faiblesses qui ne manqueraient pas de s'accentuer avec la force de la passion.

Alors, il décida qu'il s'investirait une fois pour cinq désintéressements. Ou il le prendrait en charge une seule fois par mois et ferait vérifier par ses compagnons son état d'esprit en même temps que l'assiduité de ses pratiques cultuelles.

Lorsqu'il replia sa lettre, il ressentit un douloureux mal-être. Il avait une clé sous la main, mais rien n'était encore engagé et des suggestions peu rassurantes lui traversaient l'esprit. Est-ce qu'il était vraiment le profil qu'il se représentait ? Il ferait son possible. Mais, ses alliés, répondraient-ils à ses sollicitations ? Est-ce qu'il n'était pas, en réalité, seul face au rude combat qu'il devait mener ?

Ce qu'il trouva de mieux, c'était de ne pas s'éterniser davantage et d'entrer en action.

Il s'apaisa du mieux qu'il put, puis obtint du responsable une sortie pour Valence-Est.

Il voyagea comme dans une bulle, en retrait du commun des mortels jusqu'à la place Sainte-Beuve. Car, dans le monde, un homme de religion, c'était un extraterrestre. À la Mahomerie, tout respirait la seigneurie de Dieu. Il pleuvait de l'eau bénite chaque jour. Tous les discours se résumaient aux prêches du catholicisme, de l'islam, du judaïsme.

À la porte de l'appartement, Jean psalmodia une courte prière, inspira profondément, puis activa l'interphone.

Il surmonta sa gêne, laissant courir sa main pour réajuster son béret, inspectant du regard sa longue tunique noire, soyeuse et impeccable. Il promena un instant son regard sur la baie vitrée qui donnait sur un parc magnifique de verdure, lumineuse en cette saison automnale, puis on ouvrit.

Il se trouva nez à nez avec un homme revigoré depuis leur dernière entrevue, mais étrangement calme, dont les silences, pourtant évocateurs, n'étaient, toutefois, jamais assez longs pour créer un malaise chez son interlocuteur.

Quand ils se saluèrent, Jean pensa qu'il devait, en cette particulière circonstance, mettre sa carrure de religieux de côté et ne point faire montre de réserve à l'excès.

Ils évoquèrent leurs derniers échanges, puis abordèrent des sujets plus poussés.

« Ne m'en voulez pas Jean, si je vous communique des idées déplaisantes avec mes tendances livresques. »

« Je vous en prie. Et soyez sûr que vous m'êtes plutôt utile. » « Merci. »

Adam proposa à Jean une visite de l'appartement. Il l'introduisit dans la bibliothèque. Sur le mur du séjour, une série de livres trônaient sur des étagères de fer forgé non loin de son bureau.

Jean sourit de toutes ses dents face à ce débordement de science, d'histoire et de palabres. Des textes reliés odorants, aguichants, propres à inspirer des élans passionnels et de curiosité. Mais il resta à distance raisonnable, en se remémorant tout ce qu'il avait encore à apprendre de la Loi de Dieu.

En apprivoisant le regard de son ami, Adam parcourut de la main l'étagère de livres. Il s'empara de l'*Art de la guerre* d'Alexis Jenni qu'il tendit à Jean.

« Ce n'est pas un sujet qui vous interpellera particulièrement, mais vous avez droit de vous évader un peu », s'excusa-t-il presque.

Jean sourit.

« La foi soutient l'idée de Dieu et Dieu, tout lui appartient. »

« Mais le profane n'aborde pas les choses comme vous pouvez les concevoir, vous, qui êtes d'appartenance religieuse. »

« Le bien n'existe pas sans son corrélatif le mal. Nous ne sommes pas éloignés d'y sombrer quand notre foi s'use. »

Des recueils de lois ? Des œuvres de méditation ? Non. S'offrir soi-même comme rempart contre l'idée d'Adam de se prémunir contre un blâme éventuel.

« Puis-je vous demander les suites que vous avez données à votre ancien projet ? » demanda poliment Jean.

Le regard d'Adam s'attrista.

« Il m'est venu à la suite d'un comportement compulsif, mais il aurait fallu traiter le problème autrement. »

« Si la Mahomerie était propice à vous soulager de ce désagrément, votre état ne devait pas avoir une composante dont résulte le calme de l'esprit… »

« … les tentations luxurieuses. En fait, une pratique de longue date ou une tendance autodestructrice qui me laisse beaucoup de réparations à entreprendre. »

« Doux Jésus !

Je file, je file. Avec votre *Art de la guerre* et sincèrement affligé par cette triste nouvelle. »

Jean se leva d'un bond. Comme s'il s'était rappelé un rendez-vous important. Il déverrouilla la porte sans demander son reste, puis s'envola dans l'opacité du brouillard automnal, *l'Art de la guerre* sous le bras.

En chemin, Jean plongea dans la lecture du livre.

D'abord, il se sentit mal à l'aise. Le contexte de l'histoire n'impliquait rien qui ne soit spirituel. Puis il se demanda ce que cette lecture lui apporterait vraiment. L'histoire était tout de même réaliste et l'écrivain devait y avoir déployé tout son potentiel de rationalité en même temps que des principes de conduite comme il faut.

Une science-fiction l'aurait plus volontiers déconcerté.

Il allait en finir la lecture, mais l'aura de ce livre continuerait encore à lui brûler les yeux vingt pages plus loin. Parce qu'il n'était pas accoutumé à ces lectures d'évasions.

À mesure que leurs rencontres se multipliaient, Adam ressentit de plus en plus le besoin de la présence de celui qui était devenu son ami.

Sa religion adoucissait son sort, comme une contre-opinion qui atténuait sa tendance à s'auto-dévaloriser.

Pour combler son besoin de pureté, de tranquillité, de l'autre, il devint alerte à toute opportunité, à toute issue qui pourrait se présenter, à toute résolution.

Il se tourna vers ses étagères. Une indicible fureur l'agrippa à la gorge et, d'un revers de la main, il balaya des rangées entières de livres. Il ne pouvait plus supporter l'idée que ces livres allaient lui procurer une quelconque évasion quand voilà maintenant trente ans qu'il souffrait de ses compulsions sans discontinuité ni répit.

Il réalisa que sa réaction était disproportionnée. D'importantes angoisses le submergèrent. Il tourna sur lui-même, indécis, le souffle court.

Il alla frapper chez un voisin, prêt à lui bondir dessus. Finalement, il demanda le plus chaleureusement du monde un… un livre de lecture… un livre qu'il lui échangerait contre *Antéchrista* de Amélie Nothomb.

Le voisin le reconnut aussitôt, l'invita à entrer pour partager un thé, à la suite de quoi il le renvoya avec des biscuits fourrés au miel et un livre de René Boylesve, *Sainte-Marie-des-fleurs*.

Une fois rentré, Adam plaça le livre dans le fond d'un tiroir pour deux semaines et décida de partir pour quelques jours à la campagne.

À la campagne, il y aurait moins d'affluence, mais ses visions impures le harcèleraient malgré tout.

Les animaux s'accoupleraient en toutes les saisons. Ils accompliraient cela et rien d'autre.

Les objets seraient de chair et présenteraient toutes les caractéristiques physiques de la sexualité. Des courbes, des fluides gluants et troubles, des sons surgissant des profondeurs orgasmiques du désir.

La moindre confrontation de ce genre donnerait lieu à une torture sans fin, en même temps que l'idée désastreuse qu'il n'appartiendra sans doute plus jamais à la catégorie des nobles personnes ; bien plus, il subirait une métamorphose à laquelle il risquait de ne pas survivre.

Quarante-huit heures avaient suffi à le convaincre que la situation ne pouvait demeurer ainsi.

Quand deux semaines se furent enfin écoulées, Adam reprit le chemin de Valence à la quête d'une solution, mû par un effort acharné. Comme pour extraire une pépite d'or dans l'étendue du désert.

En franchissant le pas de la porte, il se souvint de « Sainte-Marie-des-fleurs ».

Il courut chercher le bouquin, s'emmitoufla sous une couverture de lin sans même avoir à enlever sa combinaison. Il en commença la lecture.

« C'étaient les mots surtout qui nous emportaient ; des mots que je ne maudirai jamais assez. »

Les protagonistes étaient plus bavards que portés sur la gestuelle. Les descriptions n'étaient pas particulièrement nombreuses, ce qui avait le mérite d'offrir plus de place au discours intérieur et plus de visibilité à l'âme.

Pourtant, Adam continuait à émettre des suppositions, à remplir son espace mental de mille et une suggestions déshonorantes, qu'il avait beaucoup de peine à réprimer.

Plus il avançait dans la lecture, plus son malaise se renforçait. La clarté du texte laissait peu à peu place à des couleurs d'une tonalité affligeante, qui lui soulevaient le cœur.

Il ferma un instant le livre pour réfléchir à ce qu'il venait de parcourir. Le personnage principal était bien moins entouré que les autres, mais ce qui le frappait le plus, c'était toutes les descriptions pourtant belles, mais dont le sens profond lui demeurait inaccessible. Elles-mêmes n'étaient pas en cause ; ce qui l'était, c'était ce qu'elles lui suggéraient à lui et qu'elles ne suggéraient pas à d'autres.

Finalement, il laissa tomber le livre, déçu et écrasé par une grande lassitude. Il chercha à s'extirper de son impression traumatique pour reprendre une énième quête existentielle qui pourrait venir à bout de son mal-être.

Il alla récupérer des clés à l'étage, monta rapidement en voiture, puis fila à toute allure.

Il n'avait pas enlevé ses chaussons ni pris le temps de prendre son veston.

Et le voici maintenant revenu à sa maison de campagne. D'un même élan, il inséra une clé dans la serrure et gravit précipitamment un escalier en escargot, sans se préoccuper de quoi que ce soit, ni d'inspecter les lieux ni de reprendre quelques instants ses esprits.

Il se retrouva face à une armoire de chambre qu'il vida de son contenu. Sur le côté d'une pile de chemises, il dénicha un livre astronomique, près de sept cent cinquante pages. *Esprit et Lumière*, Aimé Le Bon. Pour Adam Voisier. En vous souhaitant bonne lecture et découverte et tous les bénéfices que je me suis efforcé de vous y livrer.

Il s'en saisit, tremblant de tous les membres, jubilant, serrant le tome contre son cœur. Il dévala l'escalier trois à trois jusqu'à un coin de lecture où il trouva entre deux canapés, un pouf géant.

Il s'y jeta, s'imprégnant du livre un court instant avant d'en commencer la lecture. Il retrouva son calme.

Il s'apaisa tout le long de la lecture, la tonalité du texte se voulant consolatrice et tranquillisante, respectueuse de la sensibilité du lecteur.

Une femme ordinaire témoignait de missions de grands hommes, des apparitions surnaturelles troublaient les consciences, des tempêtes se déchaînaient pour les uns tandis que pour d'autres des délices se matérialisaient à la demande.

Adam lut longuement. L'épuisement le gagna. Alors, il rentra au centre-ville poursuivant son expérience d'*Esprit* et de *Lumière* par l'imprégnation que le texte avait imprimé sur lui.

Sa demeure semblait illuminée maintenant. Un halo de lumière scintillante habillait tous les objets et les meubles. La nuit était tombée, mais tout semblait étrangement animé, vivant.

L'appartement réfléchissait des éclats de couleurs aussi vifs que chatoyants.

Un grincement de plancher au-dessus de sa tête l'aurait effrayé il y a quelques jours. Mais, à présent, il ressentait un environnement sécurisant.

Il n'eut pas de mal à s'endormir. Il avait même refermé les persiennes pour la première fois depuis le jour où il avait pensé être hanté dans son propre appartement.

Le lendemain, il se réveilla sans trop savoir où et qui il était. Son appartement lui était devenu étranger. Il se demanda, même, si, la veille, il habitait les lieux.

En clair, son abattement d'antan tentait de reprendre les rênes.

En début d'après-midi, il reçut la visite de Jean. Tout se passa très vite et, jusqu'à l'instant où ils abordèrent la question de l'*Art de la guerre*, Adam n'était pas tout à fait présent à lui-même, ni à son environnement.

« L'*Art de la guerre* ? »

« Oui, l'*Art de la guerre.* Ah ! » "..."

« Quand on souffre d'un problème ophtalmique, on ne le traite pas avec une séance de coiffure. »

« Qu'est-ce que vous voulez dire ? »

« Ne faites pas une obsession de tout cela. Vous êtes déjà sur la bonne voie. »

« Il faut que vous vous soyez laissé convaincre par la Mahomerie pour tenir ce discours. »

« Non. Le correct finira toujours par rendre résolubles nos troubles. C'est bien plus subtil même. Il sait ménager la nature de l'Hominum genus. »

« Je croyais que vous aviez une bonne raison de consommer ces nourritures livresques. »

« J'ai toujours ces bonnes raisons de consommer ces nourritures livresques. »

Jadis, son ami avait été son seul recours, mais, à présent, il avait d'autres amis, avenants, mais qu'il côtoyait peu. Ce n'était pas tout à fait la vérité, mais c'était ce qu'il avait dit à Jean, pour qu'il ne croie pas en sa toute-puissance.

Il ne le méprisait pas et ses sentiments pour lui restaient les mêmes. C'était une première bonne nouvelle.

Il avait encore besoin de trimer. De trimer durement. Comme un modeste employé aurait besoin de se donner corps et âme à son entreprise pour l'ériger sur des bases sûres. Quelquefois, il pouvait avoir besoin d'aide. En revanche, sur l'autre, il n'avait pas plus d'influence que sur lui-même.

Il écourta donc son entrevue avec Jean, le renvoya en le raccompagnant à la porte avec un paquet des derniers romans d'Edgar Allan Poe et s'empressa de regagner ses couvertures pour se laisser dorloter et choyer par la lecture d'*Esprit et Lumière.*

Déjà, il ouvrit des yeux d'étonnement. L'emploi de la deuxième personne, la psychologie de l'homme qui y était analysée, les contes magnifiques le stupéfiaient.

Le caractère d'exception de l'œuvre ne résidait pas en ce que ces textes avaient d'inédit ou de subtil, mais dans ce que ces remarques tombaient tout juste au moment où il avait besoin de les entendre.

Très vite, sa poitrine s'allégea et dans son regard se mit à irradier un ensoleillement inattendu, mais bienvenu en cet automne qui étendait son souffle glacial jusqu'à son paysage intérieur, le laissant sans énergie ni vitalité.

Aux alentours, hommes, femmes et enfants œuvraient, échangeaient au lieu de la perception qu'il en avait par ses perversions cognitives. Elle pouvait être débordante, par moment, et s'exprimer par des actes outrageants.

Le soleil brillait. Il le réchauffait de ses rayons, par le seul pouvoir d'évocation de l'esprit. Il se sentait véritablement serein.

Les couleurs de l'automne révélaient une aura verdoyante que seul un cœur épanoui savait percevoir.

Les sons les plus stridents étaient atténués par la gaieté et la plénitude.

Quelques fois, les lallations sonores d'un enfant comblaient le silence matinal de l'appartement et, non loin, de douces paroles de réconfort se faisaient entendre en même temps que la mélodie d'une peluche musicale.

Adam y restait encore bien étranger. Il avait passé un cap, il était sorti d'une ornière, mais l'accumulation de ses mauvaises pratiques, de ses mœurs dépravées le souillait encore.

Le Bon lui avait offert une autre vision des choses, à partir de laquelle il avait retrouvé vie et espoir.

Il s'y accrochait fermement. À tout instant, ce semblant de bonheur pouvait lui être dérobé.

À présent, il pouvait croire aisément à sa résurrection, à la naissance d'un lui-même idéal, mais il prenait garde à rester non loin de son chevet. Là où l'ouvrage de Le Bon était soigneusement posé. Une relique ficelée d'or et de valeureux principes qu'on ne pouvait aborder que religieusement, qu'épris du plus grand ravissement, que mû par le plus profond dévouement.

Ce soir, il regarda étrangement son assiette. Tous les mets lui semblaient trop copieux, trop nombreux. On pouvait toutefois encore en faire ressortir un menu sain et varié. Il en fut contrarié, mais, par crainte, il murmura une prière, puis jaugea minutieusement l'étalage de nourritures pour voir où il pouvait faire encore pénitence.

Quand il était ébranlé, il pouvait aussi provoquer disputes et discordes ou se dissuader de banqueter à domicile plusieurs jours.

Il s'abstint de toute réaction, comprenant la nécessité de prendre sur lui. Et puis, c'était en partie lui qui avait fait en sorte d'en arriver là.

Tout devrait se résoudre. Il ne lâchera rien. Il avait compris que son environnement destructeur lui serait toujours hostile et qu'il ne trouverait de quiétude que par dans l'action.

Jean réapparut quelques jours plus tard, fou d'inquiétude et bousculé un peu dans ses habitudes par la profondeur de la nouvelle amitié qu'il connaissait avec Adam. Il y avait même gagné une maturité dont il n'avait pas coutume. Il agissait en étant au service de l'autre, cultivant l'altruisme, se répétant à chaque découragement que s'il satisfaisait les besoins de son ami, on satisferait les siens.

« J'ai consulté un spécialiste… »

« J'ai seulement besoin de savoir quand je devrais persister plus durement dans l'effort. »

« Tu as passé un cap. Les choses devraient s'arranger maintenant… »

Il rit.

« Notre relation a encore de l'avenir. Je saurais, à présent, te faire apprécier les choses sous un angle plus proche de la normalité et nous nous rejoindrons sur bon nombre d'aspirations. À ce propos, je t'invite à te joindre à nous un jeudi où tu aurais un peu de temps à nous consacrer. J'aimerais que tu vives une expérience qui te fera oublier tous les plaisirs illusoires que tu as connus jusque-là. »

« Je ne voudrais pas te décevoir. Dis-moi donc ce dont il s'agit. » « Je ne te donne pas le choix. »

Jean donna à Adam trente minutes pour se préparer, puis se présenta au seuil de sa porte accoutré d'une tunique en laine grossière bicolore, parfumé aux senteurs de jasmin et muni de quatre livres sous le bras.

Ils étaient attendus à la Mahomerie pour célébrer la venue d'un éminent érudit.

Adam accourut en entendant la sonnette. Pas question qu'elle résonne trop longtemps ni trop fort. Les voisins étaient âgés et aimaient piquer un somme après le déjeuner.

Sa tunique était faite de la même laine grossière et odorante. Il se préoccupait un peu du regard extérieur, mais semblait apprécier tout de même le vêtement chaud et ample.

En outre, il demanda un chauffeur.

Jean avait stationné son auto quelques pas plus loin, à l'écart de la circulation pour gagner la Mahomerie à pied. Mais, quand il sentit le malaise de son compagnon, il alla rapprocher le véhicule.

À la Mahomerie, on avait formé un groupe autour d'un vieillard chevelu. On suivait ses commandements à la lettre et cherchait par persévérance et rivalité à gagner quelque éloge. Quand il répétait Seigneur-Dieu, les fidèles le répétaient après lui. D'abord répétitivement, puis avec emportement. Et enfin avec énergie et passion.

Quelquefois, le vieillard posait une question à l'un d'eux. Par cela, il jaugeait leur raisonnement pour se permettre des discours éclairants.

On introduisit deux jeunes perses qu'on les pria de suivre. Ils étaient nouveaux venus eux aussi.

Adam eut un mouvement de recul.

« Je croyais que ça ne m'engagerait à rien ! »

« N'aie crainte ! C'est seulement pour l'organisation. »

L'érudit les interrogea tour à tour. Que connaissaient-ils de cette doctrine ? Qu'étaient-ils venus chercher ?

Les deux perses leur apprirent que la pratique leur était familière et qu'ils comprenaient globalement tous les tenants et les aboutissants de leurs projets de foi.

Le vieillard à la barbe poivre et sel les toisa un instant du regard, cherchant comment il pouvait encore les mettre à l'épreuve. Il baissa la tête comme en signe d'intimidation, puis se tourna vers Adam.

Adam s'empressa de répondre pour écourter une situation oppressante.

« Je… je suis là juste pour observer. »

« Nous aussi, nous sommes là pour observer », s'étonna l'érudit.

« Je répondais à l'invitation de mon ami… Non, j'étais curieux de savoir en quoi votre culte consistait… »

L'érudit parcourut des yeux l'assemblée pour signifier à ses adeptes combien cet individu pouvait lui sembler étonnant.

Puis, il reprit ses évocations.

Quand les convives l'accompagnèrent en chœur, il les arrêta d'un geste de la main tandis qu'il intima aux nouveaux de poursuivre les évocations.

Après ça, ils entrèrent en transe. Les deux perses, les joues colorées et le front moite déambulaient parmi les fidèles, se débattant comme s'ils luttaient contre un fauve.

Adam, quant à lui, restait prostré, à cause de la grandiloquence de ces inconnus qui le réduisait à un être vulnérable et inférieur.

Cependant, il ressentait pleinement les effets que ses évocations exerçaient sur lui, en perdit presque connaissance, sujet à des états hallucinatoires et d'ivresse.

Le reste du temps, il tomba dans un sommeil profond. Tellement pesant qu'il se souvenait à peine à quel moment il fut raccompagné à la voiture.

Sur le chemin, il avait peine à assembler deux mots.

Peu après, Jean vint à lui avec un bol de café fumant. Il en but quelques gorgées, puis tomba comme s'il avait été touché en plein cœur. Ou comme après n'avoir pas dormi deux nuits entières.

Quand il rouvrit les yeux, le bol fumait toujours à proximité. Il n'avait dormi que cinq minutes ; chose étrange au regard de son état.

« J'étais sûr que ça te plairait », s'exclama Jean.

« Oui, ce n'est pas une incongruité comme j'ai pu en connaître, mais je réfute que cela soit vraiment ce dont j'ai besoin. »

« Pourquoi avoir accepté ? »

« Pas plus pour répondre à ton invitation que par curiosité. » « Parle. »

« Seulement par tolérance. Et j'ai cru y voir un terrain d'entente. »

« Pourquoi une incongruité ? Tu ignores tout de cette communauté. Et pourquoi fuis-tu l'incongruité ? »

Adam le prit par le bras, puis l'introduisit dans une pièce qui était probablement un séjour.

Il brancha un téléviseur et procéda à d'autres raccordements.

Sur l'écran se dessina un couple à l'état bestial, se violentant et se pervertissant.

D'abord, Jean esquissa un large sourire. Surpris par cette situation inattendue, il ne put s'empêcher de laisser ses pensées vagabonder.

Ensuite, il manifesta une irrésistible envie de quitter les lieux pour se ressourcer ailleurs.

« Une telle incongruité t'est encore perceptible dans toute sa noirceur. » « C'est beaucoup de mal que tu t'infliges. »

« Une incongruité, ça l'est encore pour toi, et c'est toi qui es à même de répondre juste. Et puis, pour y avoir goûté, je ne puis refuser de porter à ta connaissance ce que cette dépravation revêt.

Celui qui passe par cette porte, il renonce à la beauté du monde, aux couleurs et aux parfums, à la subtilité pour la futilité. Quand il en ressort, elle n'est plus qu'une porte refermée, condamnée comme un hiver qui reprendra son cycle après l'éclosion du printemps. On se tait juste un court instant comme l'instant d'une hibernation au cours de laquelle on marche sur la terre la tête surélevée, foulant petits et grands, oubliant sa rébellion du passé, simulant une pureté trop belle pour la condition des êtres de dépravation, parcourant ainsi le temps jusqu'au visionnage suivant. »

Jean ne sut que répondre. Il pensait à quitter les lieux et ne pas s'encombrer la tête davantage par une nouvelle qui finirait par lui faire sincèrement horreur.

Adam n'était pas dupe, mais cette réaction le soulagea plus que le réconfort qu'il attendait de son ami charitable.

Cela lui donnait la certitude qu'il n'était pas complètement perdu.

Maintenant, chacun avait regagné sa demeure. Le soir était arrivé et Adam avait décidé qu'il ne continuerait plus à se négliger.

Il alla se coucher dès vingt-trois heures. Dans l'effervescence de ce qu'il avait vécu au cours de la journée, il s'efforça de trouver confort et repos.

Il était venu le moment pour lui de traiter le problème. Il pria in petto, comme à chaque fois depuis trois soirs.

Il pensait que s'il récidivait, les Parques viendraient à bout de cette calamité en lui ôtant la vie. Il le demandait. C'était la seule échappatoire qu'il percevait. Il craignait que cet état des choses ne devienne plus un cercle vicieux qu'une épreuve à court ou long terme.

Il se coupa vite de ses persécutantes ruminations. Lâcher prise. Se résigner. Peut-être même que cet état des choses avait quelque chose de bon. Sous certains angles. Si on cherchait bien.

Il tomba finalement dans un délectable sommeil. Comme à la suite d'un malaise, sans notion d'espace ni de temps.

Au petit matin, il jura s'attaquer à ses opinions et à sa pensée ; de sorte qu'elles soient meilleures et qu'elles produisent que ce qui lui sera profitable.

C'est ce à quoi il se consacra le plus obstinément. Tantôt s'appliquant à soigner son hygiène de vie, tantôt à se purifier en se rachetant par des œuvres caritatives et autres. Chaque jour, il priait. Cela lui était cathartique. Il fit des sélections de lecture avec soin, en tâchant de choisir des contes qui puissent le convaincre de s'endurcir au combat et de délaisser ses pratiques. Il s'était même promis de ne prendre aucune initiative que ce soit. Quel que soit le domaine ou le projet.

Son vice n'excluait pas sa personnalité. Toute sa personnalité en était infectée, ébranlée. Il était devenu inapte à quoi que ce soit.

Il avait simplement un peu plus de sérénité. En surface. La figure de bestialité affreuse, qui s'était formée avec l'accumulation de ces actes déviants, résistait à tout traitement.

C'est pourquoi il se mettait systématiquement à s'éclipser hors de la vue du monde, n'approchant personne à moins de deux mètres en présence et fuyant le commun des mortels avec le plus de discrétion possible lorsque la bête menaçait de se déchaîner. Cela lui était apparu, pour la première fois, avec l'ignorance faite aux nombreuses invitations à commettre la débauche. Une débauche que, pendant près de trente ans, il avait entretenue assidûment par lâcheté et sottise.

L'ignorance faite à ces invitations luxurieuses venait à la suite d'une prise de conscience. Il avait pris conscience de ce qu'il avait acquis de sa négligence.

Son passé d'enfance d'excès et d'insécurité et le traitement de l'épreuve, lui avait valu tout ce cheminement de libertinage. Et il s'en retrouvait, à présent, avec des réflexes qui tendaient à s'enraciner pour la vie. Des acquis à son compte qui le ferait sombrer sans conteste et qui le condamnerait à la plus grande torture.

La bête restait omniprésente. Quand il se sentait au meilleur de sa forme, elle devenait silencieuse et savait se faire petite. Adam ne s'en étonnait pas le moins du monde.

Il reçut cette nouvelle épreuve avec naturel. À moins que son insouciance lui ait dicté cette réaction de passivité.

Il ne s'en étonnait pas. Il s'y attendait.

Les passants, les voisins n'y étaient pas insensibles. Souvent, même, cela les contraria. Un après-midi cérémonial à la Mahomerie, une jeune femme qui avait décelé cette anomalie, en avait ri. Une autre fois, elle avait même cherché à provoquer la bête.

Adam en fut déçu. Il attendait que cette découverte suscite plutôt de la crainte. A minima, un choc.

Nous devions respecter cela comme la pauvreté ou la mort.

Dans le séjour, où la lecture d'*Esprit et Lumière* lui avait suggéré toutes ces réminiscences et mille autres souvenirs, Adam gardait un œil scrutateur sur tout ce qui environnait son espace de vie. Qu'est-ce qui pouvait l'aider ? Il avait besoin d'un traitement radical, mais comme pour les états grippaux ou la rééducation motrice, il fallait compter sur une poignée de semaines.

Pour ce dont il s'agissait, il fallait compter, en réalité, sur un traitement miraculeux dont on n'entrerait en possession qu'après efforts acharnés.

Il lut, il se contractait quand il s'efforçait de repousser ses obsessions, cherchant à ne rien perdre de ce que sa lecture pouvait lui offrir de bénéfique.

Une fois le livre refermé, les échos de certains passages – les moins lugubres, des souvenirs recréés par la force du texte dont il s'imprégnait – l'accompagnèrent des heures entières. Très vite, tout se mut selon une conception de vie nouvelle, marquée par le bonheur, la félicité.

Par moment, un nuage d'amertume planait au-dessus de sa tête. La bête se mit alors aux commandes de la psyché et ses espoirs se « dissolvèrent ». Il continua à rechercher malgré tout profit et grâce dans l'étendue de l'espace et le temps qui le sort lui impartissait.

Il décida qu'il ferait d'*Esprit et Lumière* son livre de prédilection tant qu'il répondrait à ses besoins.

À la troisième lecture, il supposa qu'il devait être temps de passer à autre chose. Il bannit les romans à l'eau de rose : il en découlait des états symptomatiques qui lui rendaient la vie difficile. Il tenta alors la littérature romantique et les romans initiatiques.

Comme il ne savait comment procéder, il se rendit à la Mahomerie pour solliciter les conseils d'un saint fidèle, puis fit venir Jean. Ce dernier se chargerait de lui faire une sélection de lectures bien choisies et sans négligence et accepterait de commenter, par ses précieux conseils, un texte qu'il lui écrirait à la fin de chaque lecture comme compte-rendu d'assimilation ou d'évaluation.

« Dans quel autre cul-de-sac vas-tu m'engouffrer ? »

« Sois patient, Jean. Ce n'est facile pour personne. Comment tu vas, toi ? »

« Si l'*Art de la guerre* n'était pas dédié à un plus large public, j'aurais craint que tu aies commis encore l'une de tes sournoiseries de vilain coquin. Car, je doute que ton choix ait été motivé par autre que tes obsessions de lit. »

« Si tu penses que c'est ce dont il s'agit, je m'en excuse. Cela dit, ce n'était nullement mon intention. »

« Tu avais peut-être une saine intention. »

« Non, tu avais raison. On ne demande pas à l'aviateur de passer à la conduite des poids lourds par l'exercice de l'aviation. Et, de même que l'aviateur doit rester aux commandes de son avion, je devais agir conformément à ce qui était en mon pouvoir. »

Après cette houleuse discussion, Jean lui tendit *Joseph*, d'un auteur dont le nom n'apparaissait plus sur la couverture. Le DVD était ancien et avait subi de multiples manipulations.

« J'ai pensé que les œuvres pseudo-profanes devaient rester à la frontière pour le moment. Pour l'instant, tu ne sembles pas prêt à les aborder. »

Dès le lendemain, Adam visionna, sur le téléviseur, le contenu du DVD.

Le père Jacob joue un personnage tellement émouvant. Si j'avais vu le film enfant, j'aurais fondu en larmes avec lui.

Les deux derniers ont tout pour eux. Ce n'est pas plus mal. Car comme ce sont des élus, c'est une chance pour les spectateurs de pouvoir s'identifier à eux et s'imprégner de leur psychologie.

Le prophète est beau tant par son physique que par son caractère. C'est une sorte d'idéal d'homme que beaucoup doivent envier.

Adam remit la feuille de papier à Jean avec un mot pour solliciter une nouvelle œuvre. Ce qui pouvait l'aider à améliorer son comportement et assainir ses raisonnements lui importait plus que l'avis qu'il pouvait avoir sur les histoires.

« Oui, mais », rétorqua Jean, « j'attendais plus de soin dans la présentation. Un bon danseur de tango ne s'attache-t-il point à se parfumer et entretenir son hygiène de vie ? »

« Pour des notes, cette négligence saute moins aux yeux. » « Donc, tu as pris des notes. »

« Oui. »

« Si tu désires une sélection de qualité, alors tu devras soigner cette présentation. C'est plus facile pour moi. Et tâche de rester toujours dans l'authenticité et la sincérité. »

Lui aussi prenait des mesures. Il se battait à tout rompre. Comme un soldat au combat faisant acte de bravoure dans la poigne de tous ses compagnons réunis.

Il avait regardé *Joseph* comme une attention qu'il aurait donnée à un passant qu'il aurait croisé sur le boulevard. Il avait respecté les droits du visionnage, puis avait pris chaleureusement congé sans savoir s'il allait y revenir un jour.

Il relisait *Esprit et Lumière* et au moyen de ce que lui inculquait Le Bon, il émaillait, de bons principes, sa grille de lecture pour en aborder d'autres, le moment venu.

Avec Le Bon, il apprenait à donner le meilleur de lui-même malgré ses dons limités. Son cœur s'était renforcé et il pouvait traverser les épreuves avec plus de calme et de stoïcisme. Bien que toujours en proie à ses mauvaises inclinaisons, il prenait de plus en plus conscience de la gravité de ce qu'il avait commis. Il était devenu plus confiant, moins laxiste sur les petits plaisirs.

Maintenant, il côtoyait des personnes de tous les horizons, conscient qu'on ne rencontrait nulle part un homme qui soit infaillible.

Sa bête prenait ses aises comme jamais, mais extérieurement, il était capable de la rendre invisible. À moins qu'il ne soit en proie à une crise de dévalorisation de lui-même. Car, alors, il devenait susceptible, vulnérable et impuissant.

Son environnement se remplissait un peu chaque jour du chant des oiseaux, des gazouillis de son fils Martin, des senteurs de fumets et de parfums enivrants.

Ni sa « bête » ni les soins que ses lectures devraient encore lui dispenser ne lui permettaient d'occuper un poste professionnel en présentiel, pas plus que les faveurs de ses amis qui voulaient qu'il soit à leur disposition pour l'accompagner tant qu'ils jugeraient cela nécessaire. Cependant, il tâchait de se rendre utile au mieux, servant le voisinage qu'il pouvait trouver en difficulté, coachant ceux qui le demandaient via les réseaux sociaux, tantôt pour un emploi, tantôt en matière d'éducation.

Certes, la dépravation ne restera plus jamais un mystère pour lui, mais il voulait recentrer ses aspirations sur ce qui lui semblait valeureux et méritoire, comme une vertu, un talent ou même les aptitudes d'une saine nature.

Alors, il emmagasina tout ce qui pouvait l'éclairer dans la noirceur de son malheur.

Et pour cela, il lui fallait continuer à fréquenter Le Bon pour gagner plus de contrôle sur son état mental, combattre ses obsessions insufflatoires et prendre le temps d'apprécier ce que la vie lui donnait.

Au-dehors, le temps était gris et doux. Martin était à la sieste. Barbara était auprès de lui comme un soleil qu'il aimait savoir là.

Le voisin de « Sainte-Marie-des-Fleurs » prenait des nouvelles tous les deux jours. À présent, Adam savait rester attentif à son environnement. Par sa présence d'esprit ou par sa serviabilité, il gardait un œil sur son prochain et participait à la marche du monde.

La force d'âme que lui offrait *Esprit et Lumière* l'aidait à surmonter les conséquences traumatiques de son addiction.

Il apprit à se familiariser avec la « bête » et à la dompter par des contes enchanteurs pour la soumettre et la confondre toutes les fois où elle chercherait à le tyranniser.

Esprit et Lumière en répertoriait un volet.

Tout ce qu'il avait gagné par ses efforts l'avait transformé. Il considérait chaque événement ou principe selon les bénéfices qu'il pouvait en retirer et s'y appliquait.

Jean, souvent pris à témoin, ne s'en irritait plus. Lui aussi se sentait transformé. Il avait gagné en réserve et, même, perdu en orgueil.

Plusieurs fois par jour, il allait chercher Adam pour la Mahomerie. Mais, parce qu'il estimait son ouverture d'esprit, il n'en profitait guère pour chercher à exercer sur lui son influence. Il estimait d'autant plus son ouverture d'esprit que cette dernière ne l'entraînait pas à négliger ses principes ni par les abus ni par excès.

Un matin, alors qu'ils se rendaient à la Mahomerie pour accueillir un groupe de prêcheurs, il interrogea Adam, se demandant comment il résistait à ces prédicateurs.

« Je viens avec une intention sans laquelle je ne saurais accepter ton invitation. Et, une fois sur les lieux, je n'engrange que ce pour quoi j'ai fait le déplacement. »

« C'est fort ! »

« Ce qui nourrit cette force de persistance et de persévérance contre toute influence, c'est ce que tu passeras de temps à la cultiver et ce que tu es prêt à faire pour l'entretenir… Comment procèdes-tu ? »

« Difficile à dire. L'instinct sans doute. »

Ensuite, ils prenaient part aux actes cultuels chacun selon ses besoins. Quand ils en venaient à sentir qu'ils ne se comprenaient plus, ils prenaient congé.

Le soleil luisait de tous ses feux. Et si les prêcheurs n'obtinrent pas grand-chose de leurs prêches, ils avaient, à tout le moins, impressionné les participants par leur allure étrange et hors normes.

De loin, avec leurs tuniques aux couleurs vives, qui descendaient à mi-cuisses, et leur capuche pointue et rayée, ils donnaient l'apparence d'un groupe de bergers mayas en route pour des festivités.

En dehors de leur pratique cultuelle, ils se caractérisaient par une contenance toujours tranquille.

Adam et ses semblables paraissaient quant à eux d'une simplicité presque banale. Des bérets de tissu fin à la base du crâne, la tenue de Monsieur et Madame tout le monde. Et, même mêlés au groupe, ils se tenaient à l'écart, que ce soit physiquement ou par leurs opinions ou leur statut de nouveaux adhérents.

On aurait dit des animaux de compagnie pour le bon plaisir de leurs maîtres.

Cela parce qu'ils finissaient par se sentir inférieurs, à force de manquer de poigne. Ils étaient si attachés à leur éminente façon d'être qu'ils avaient peine à en sortir pour répondre aux défis d'une caste supérieure.

Adam crut devoir cesser ses entrevues, car il avait de plus en plus de mal à se maîtriser.

Ils étaient incompétents. Cela leur valait déjà les taquineries de la Mahomerie.

Les prêcheurs s'autorisèrent une séance d'échanges récréative avec les fidèles.

On aborda les nouveaux de front et cela plut à Adam. Néanmoins, comme un contexte nouveau l'angoissait trop pour qu'il prenne part aux événements, il se contenta d'observer.

Il n'en conçut aucun trouble. Sa bestialité avait très peu de marge de manifestation dans le contexte d'une simple confrontation de quelques minutes sur le parking d'un lieu de rassemblement. La bête prenait part aux échanges de corps à corps, aux interactions de complicité.

Elle pouvait faire des siennes lorsque Adam se sentait attaqué dans l'estime de soi ou se sentait intimidé.

La bête prenait alors les devants et cherchait à sortir de ses gonds. Le plus souvent, Adam réagissait par la fuite ou bien priait.

Bien que sans contours physiques, elle avait tout l'aspect d'une bête. Une langue fine et râpeuse, des yeux sombres – océan de ténèbres et fléau de machiavélisme – un museau. Sa constitution était mêlée d'ondes et de chaleur. Elle se mouvait, réagissait aux stimuli des rapprochements physiques.

Dans les moments où elle avait le moins d'influence, elle se manifestait uniquement par les strates profondes de sa personnalité.

Tantôt elle était la cause de grossières allocutions, tantôt elle s'insinuait dans ses actes par conduite perverse.

En l'occurrence, quand elle se manifestera de nouveau, ce sera le signal pour qu'il s'éclipse.

Adam s'enfermera alors à double tour et cherchera un moyen de s'exorciser.

C'est ce qui arriva. C'est le plus souvent ce qui arrive. La bête se manifestait toujours, mais plus ou moins rapidement.

Elle personnalisait la manière dont il percevait le monde, et même son côté vicelard dans les moments où il avait mauvaise opinion de lui-même.

Cette bête, elle était la somme de ses tentations et ce qui se passait quand il leur donnait libre cours.

Il escomptait que, dès aujourd'hui, elle disparaîtrait. Comme la fin d'une malédiction, comme la défaite d'un ennemi, comme une récompense pour son combat remporté et son endurance qui n'a, jusqu'alors jamais souffert ni d'ingratitude ni d'insatisfaction.

Les prêcheurs firent plus ample connaissance. Adam anticipa un départ. Il savait que si ces relations se resserraient, il finirait par décevoir.

La bête ferait alors en sorte qu'ils se ravisent. Car elle aura manifesté une impolitesse qui les aurait dissuadés de s'aventurer plus avant.

Il quitta le groupe, ignorant les appels de Jean, qui l'aurait certainement contraint à rester un peu plus longtemps. En prenant à témoin les prêcheurs, il n'aurait pas eu de peine à le lui faire accepter.

Il ne s'arrêta pas chez lui. Il prit la direction de la bibliothèque nationale.

Il s'effondra sur un siège rembourré, sirota un café brûlant, puis chercha dans les rayons un livre qui pourrait le faire s'évader.

Il lut des revues philosophiques, de la littérature non fictionnelle sur des faits de société et les troubles de la personnalité tout un après- midi durant.

Quand la bibliothèque ferma ses portes, et qu'il voulut encore d'un lieu aussi douillet que ce coin de bibliothèque sécurisant et réchauffant, il pensa à rentrer chez lui.

À domicile, il irait s'emmitoufler sous la couverture, dormir ou faire ce qui lui tenait à cœur et le temps ferait son œuvre (…).

Emmitouflé sous ses couvertures, il chercha dans les paysages de ses horizons mentaux, des pistes à explorer, des réponses à bon nombre d'incompréhensions qui le submergeaient.

Il dormit, puis alluma son téléviseur pour trouver un programme culturel aux antipodes de ce que lui martelaient, chaque jour, par leurs conseils et sermons, ses amis de mauvaise fortune.

Ses initiatives n'étaient pas très mauvaises, mais son abattement moral l'envahissait à tous les points de vue.

En conséquence, il ne profitait pas pleinement de tous ces plaisirs et vivait en marge de sa vie.

Ses émotions étaient bouleversées, en effervescence, ses pensées inaptes au moindre raisonnement.

Un semblant d'amour propre le retenait d'agir de façon disproportionnée et immorale. Souvent, avec le recours de l'autre et du regard répressif qu'il subissait de lui, il réussissait à garder le cap et atténuer ses ardeurs naturelles.

Il suivit un documentaire de faune et de safari en s'efforçant de rester attentif, puis une émission d'échanges sur des thèmes politiques et artistiques.

Plus tard

Esprit et Lumière recommença à prendre la poussière. Jean avait repris des études et il ne fut plus question de la Mahomerie.

Dans ce laps de temps, les journées se remplissaient malgré tout.

Martin grandissait et son éducation demandait plus de présence. Barbara avait encore tout à lui apprendre. Adam était confiant pour elle : elle avait plus d'un tour dans son sac et elle était mieux lotie que lui. Son éclairage ne lui était pas indispensable. Il arrivait loin derrière elle. Elle était capable de bien plus.

Les journées se remplissaient malgré tout. Quelques fois, Adam se rendait à la Mahomerie, en toute autonomie. Il y expérimentait ce qu'il avait appris, et seul avec lui-même, il examinait ses victoires comme ses failles.

Pour ce qui est de Jean, il aimait mieux le fréquenter sur un autre terrain. Ils avaient quelquefois des projets d'humanitaire et se retrouvaient aux grandes occasions.

Chacun agissait selon ses possibilités. Mais quand une opération était susceptible de produire un impact positif sur leur relation, alors ils collaboraient de nouveau.

Ils entretenaient leur relation – pas le moins particulière – avec le plus de précautions. Car ils portaient chacun en eux des sentiments extrêmes qui pouvaient empiéter sur les droits de l'autre.

Certes, les confidences répétées d'Adam au sujet de son comportement compulsif avaient essoufflé leur amitié, mais l'un comme l'autre ne le comprenait que comme une contrariété indépendante de leur histoire.

Jean ne pensait pas devoir nier les confidences de son ami et se faisait un devoir de veiller sur lui.

Pour éviter toute confrontation nouvelle, il espaça ses visites et tira Adam vers d'autres centres d'intérêt.

L'appréhension qu'Adam se faisait de leur relation était telle qu'il n'y avait rien d'anormal. La répulsion amenait la répulsion. La malfaisance n'était pas synonyme de paix, de beauté. S'en écarter était un réflexe et y succomber n'offrait sûrement aucun confort.

Il n'avait rien à attendre de personne ni des biens de ce monde. Avec ses pulsions, il était déjà passé à côté d'une chose de prime importance : la richesse d'âme, élément de vie sans lequel on s'autodétruirait.

Jean ? C'était pour lui un être qu'on ne distinguait pas de sa raison d'être. Sinon, leur relation serait médiocre et ouvrirait la porte à la laideur et aux vices de l'homme.

Peu importe ce qu'il lui apportait. L'urgence de sa situation nécessitait de mettre cela au second plan et de pouvoir sortir de l'impasse.

Il continua à assainir son esprit de maintes et maintes façons. Cela lui était enfin acquis.

À présent, il s'agissait de rompre avec tout ce qui perturbait le bon fonctionnement de son projet. Il cultiva en lui l'optimisme et la vertu, supprima tout ce qui lui semblait futile et s'appliqua à jouer le jeu et à travailler d'arrache-pied.

Le matin, il lisait, se forgeait, par un maximum d'informations, des principes résistants à toute tentation, à toute influence. Il s'épanouissait dans ses nouvelles distractions en accumulant de quoi noyer à jamais ses problèmes de compulsion.

L'hiver avait repris son cours. Il manquait de temps pour un travail de longue haleine. Quand la journée était finie, ce qui avait germé de ses pieux efforts était tué dans l'œuf par le relâchement du soir et la disparition de tous les bénéfices du jour devenait effective.

Il était pris dans un étau entre l'appel de la mort et tout ce qu'il confrontait à ses pulsions enragées.

Chaque jour qui naissait, les Parques se faisaient ressentir comme un souffle de brise s'insinuerait dans chaque recoin, chaque fente. Une épée de Damoclès qui le stimulait à chaque instant.

Il multipliait les bons plaisirs, lisait comme un étudiant à l'approche d'un examen, entretenant son cerveau de tous ses soins, se ménageant pour ne pas être atteint prématurément et durement par l'usure des ruminations.

Barbara devenait radieuse, comme une fleur qu'il avait arrosée et entretenue tous les jours.

Elle aussi participait dans la mesure de ses moyens à son combat. Il pouvait compter sur elle. Mais il avait plus d'attention pour Martin. Barbara leur permettait des moments de complicité lorsqu'il s'y sentait prêt, tandis qu'aux heures les plus noires, elle s'occupait du gamin seule, en veillant à préserver l'image de son père.

Esprit et Lumière regorgeait d'enseignements.

Adam n'avait pas résolu toutes ses interrogations. Il savait que tôt ou tard, il se retrouverait affolé par une nouvelle crise existentielle.

Alors, avec Le Bon, il recommença à se dépasser par ses lectures. Chacune différait de la précédente. Il y avait en Le Bon un œil bienveillant qui le rassurait chaque fois qu'il fléchissait.

Son intériorité était mouvance, bruyante, animée par d'étranges phénomènes.

Peu à peu, le cadre de son antre devenait vivant, mutait, prenait corps dans les éléments naturels et s'épanouissait.

Des peluches traînaient près de son bureau, un bouquet de roses répandait un parfum subtil dans la maison, une pile de notes à rédiger s'amoncelait sur le bureau. Adam était redevenu père, époux, actif. Peut-être l'était-il pour la première fois.

Jusqu'alors, il n'*était* pas selon ce à quoi sa nature le prédisposait. Il était captif d'un comportement pulsionnel qui avait tout enrayé de sa saine nature. Maintenant seulement, il naissait.

Son traitement l'emmenait vers la lumière et se souvenir qu'il était mortel le dissuadait de la luxure.

Par instants, il en prenait vivement conscience, à tel point qu'il en venait à s'abstenir strictement de toute futilité.

Il ne prenait pas davantage de nourriture que ce que nécessitait son organisme, mais surtout il dévorait des livres. Était toute oreille pour l'instruction de ses semblables. Ils avaient beaucoup à lui apporter.

L'homme vil, c'était lui. Il devait être le pire. Cette vilenie l'infériorisait, et il s'y soumettait sans mot dire.

À mesure qu'il s'enracinait dans cette ligne de conduite, il se sentait mieux.

Sa bestialité, quant à elle, ne bougea pas d'un iota. Elle se repaissait même de tout son être. Comme si elle était une deuxième âme. Une âme qui avait des droits sur sa personne.

Un soir, elle avait cherché à s'éclipser. Adam avait appris à vivre avec elle. Quelques fois, il n'y prêtait plus attention. Il avait fini par participer aux affaires du monde en faisant peu de cas des caprices de la bête, ne se souciant plus de sa présence.

Il recevait des voisins. Il faisait le service, servait des plats de crevettes en sauce et des boissons fraîches.

La bête se décolla de la base du crâne, puis se laissa glisser vers la poitrine pour aller se loger dans l'abdomen.

Après un moment d'hésitation, elle se ravisa puis revint aux commandes.

Adam en fut déçu, mais il avait compris qu'il pouvait échapper à son emprise.

Les jours suivants, il multiplia les séances d'exorcisme et soigna son hygiène de vie.

Ses opinions et sa confiance étaient en constante amélioration. Son quotidien se faisait plus agréable et vivant. Il devenait plus agréable à ses proches et ses amis. En revanche, la bête restait imperturbable, plus que jamais féroce, impitoyable.

Elle ne connaissait ni la fatigue ni les tendresses. Il était difficile à Adam de penser à elle sans avoir à l'idée qu'il devait la supprimer. Mais il se contentait de continuer à lutter pour que ses efforts finissent par dominer ses indélicatesses.

Les jours se suivaient avec des hauts et des bas. Adam finissait par éprouver remords et tristesse. Son trop lourd passé pesait sur lui comme un fardeau écrasant.

Jean construisait ailleurs, s'effaçait, se sacrifiait moins à l'échange et refusait toute collaboration.

Le voisin de « Sainte-Marie-des-fleurs » se plaignait de lui : son isolement ne l'encourageait pas à se soucier de ses proches et de son voisinage.

Barbara se montrait moins bavarde, finit par se résigner à sa condition de femme esseulée.

Le petit faisait ses premiers pas à l'école. Il connaîtrait moins l'accompagnement de son père. Déjà, il avait souffert de la pauvreté de son investissement dans son éducation.

Les collègues se distanciaient. On le mettait au rabais. Et un jour, on le licencia.

Il s'en attrista et s'en affligea très amèrement.

Avec les jours, il se retrouva démuni de toute force, épuisé, échevelé et amaigri, mutique et confus.

Il ressentait surtout la nécessité de rompre avec son vécu. Mais il ne savait comment.

À la fenêtre de sa cellule, les saisons se succédaient et le monde ne semblait pas souffrir de son isolement. Il s'animait sans le concours d'aucun misérable, emportait ceux qui suivaient la cadence et écrasait les autres.

La maison se désonorisait peu à peu des cris de son enfant et les voisins avaient déménagé ou se faisaient vieux.

Alors, les ruminations se décuplèrent. La gaieté environnante lui devenait même insupportable. Il referma les persiennes, n'occupant plus que sa chambre, telle la cellule d'un condamné amoral et corrupteur.

Des mails de missions professionnelles de loin en loin, les rappels à l'ordre de Barbara lorsqu'il restait sous la couette une demi-journée entière commençaient à l'importuner sérieusement. Un matin, il décida de se rendre à la campagne.

« Jamais. Tu te laisses déjà aller ici. Que veux-tu faire seul là-bas, au milieu de nulle part ? Te jeter en pâture aux animaux sauvages ?

Souffrir tellement que tu finirais par attenter à tes jours ? » « J'ai besoin de calme. Je souffre à la ville. »

Adam éprouvait une grande difficulté à s'exprimer. Il avait besoin de ressources, de se changer les idées, mais son intonation parlait plus d'une pulsion de mort, d'un épuisement général qui n'irait qu'en s'accentuant.

Il alla comme convenu à la campagne. À la ville, le déferlement du monde et de la mécanique l'emportait, le contraignant à un mouvement qui n'était pas le sien, comme sous les battements d'un fouet.

À la campagne, il se détendait. Ses membres perdaient de leur rigidité ; lorsqu'il dormait, on aurait presque pu supposer qu'il allait rendre l'âme.

Il dormit.

Au réveil, il se rendormit. Puis il fallut occuper son temps. Il lut un peu *Esprit et Lumière*.

Cette lecture était un peu revigorante, mais il gardait à l'esprit combien il avait mal agi et combien il devait se blâmer.

Il craignait tout de même de trahir toute l'amitié qu'il avait eue pour Le Bon jusqu'ici. Donc, il lut en s'efforçant de rester un peu étranger à sa lecture.

Il en tira d'autres enseignements ; relatifs à la situation qu'il vivait ici et maintenant.

Ses regrets ne lui seront pas ennemis. Ce sont eux qui le pousseront à la repentance, à rechercher grâce et délivrance.

Le reste du temps, il nettoya sa maison de campagne, épousseta tapis et rideaux, récura water et cuisine, parfuma le linge comme avant de quitter les lieux pour de longues vacances.

Ensuite, il s'écroula sur son lit pour de longues heures.

Les heures s'allongèrent, les jours défilèrent les uns à la suite des autres, tantôt pluvieux, tantôt ensoleillés, les meubles retrouvèrent leur fine pellicule de poussière.

Sur la table de chevet, un sachet de madeleines trônait là, depuis 24 heures.

Des oiseaux et d'autres animaux reprirent le peuplement de leur territoire. Comme peu avant qu'il ne vienne camper ici. De loin en loin, le vrombissement d'un tracteur sillonnait les environs.

Bientôt, Adam ne put plus se mouvoir. Quelques fois, ses paupières battaient et un faisceau de lumière venait l'éblouir.

Ses proches ne se doutaient de rien. Jean n'avait pas eu de nouvelles depuis une semaine entière.

Il finit par venir s'en acquérir auprès de son épouse, à la suite de quoi ils se rendirent tous deux à la maison de campagne.

Ils rencontrèrent un silence de mort. Ils défoncèrent une porte boisée puis grimpèrent quatre à quatre un escalier de plomb jusqu'à la chambre à coucher où Adam reposait, à demi mort.

Jean tenta de le soulever contre lui. « Mais, qu'est-ce que cela ? »

« J'ai commis une chose abominable. »

« Sois courageux, mon ami. Ce que tu connais aujourd'hui c'est une revanche sur ton passé. Sois fort. Ressaisis-toi. »

« Quelle abomination ! »

Adam s'écroula sans tarder. Il rendit l'âme. Jean et Barbara restèrent prostrés.

Le coucher du soleil s'annonça. Les oiseaux regagnèrent leur nid et avec la nuit opaque et brune, vinrent les cris des animaux sauvages. Cris, dans les circonstances actuelles, apparaissant comme effroyables à Jean et Barbara.

Dans l'incompréhension d'un tel revirement de situation, Jean et Barbara finirent par décider de déléguer l'organisation des funérailles, ce qui n'aurait fait qu'amplifier leur torture. Le choc était tel qu'ils ne parvenaient pas à reprendre le cours de la vie. Quelle décision prendre ? Le personnage d'Adam était souvent fuyant, indescriptible.

Ils reprirent la route chacun de son côté, puis réfléchirent à ce qui allait se jouer dès à présent.

Pendant qu'elle était en route, Barbara passa une minute qu'on aurait dit des heures à pleurer et relâcher toutes les pressions accumulées durant 5 années passées auprès d'Adam.

Il ne fallait rien attendre d'aujourd'hui : la journée touchait à sa fin. Elle rentra pour dormir.

Jean retrouva la compagnie de ses trois amis de la Mahomerie. Il se plaignit du sort qui avait emporté pour toujours un ami dévoué et affable, se laissa réconforter, accepta ce qu'on lui offrait et s'accrocha à leur présence.

Il ne ferma pas l'œil de la nuit. Il veilla avec ses trois compagnons jusqu'à trois heures puis pria longuement pour le défunt.

Les contacts de feu Adam n'étaient plus nombreux. Il en avait supprimé un bon nombre et dans les derniers temps de sa vie, ceux qui restaient n'avaient plus trouvé d'interlocuteur.

Il avait suspendu ses missions humanitaires pour un temps.

Il avait rendu les livres qu'il avait empruntés à la bibliothèque, mais il en restait d'autres dont Barbara ne savait s'ils lui appartenaient ou s'il les avait empruntés à un ami.

Elle en fit une pile sur la commode du séjour pour qui les demanderait.

Souvent, les contacts étaient purement professionnels. En revanche, la messagerie était comble. La majeure partie concernait des questions posées ou des remarques suggérées par les abonnés d'un forum : *Les égarements de la voie du sexe.*

Elle confia cette tâche à Jean qu'elle crut plus à même de représenter un ami dont il a été le plus proche. Il sut par des recommandations rassurer et orienter ses personnes. L'un deux prêt à succomber à la tentation, s'était ravisé à temps.

Jean lui fit cette réponse :

« Que ce soit peu ou beaucoup, cet acte est dommageable, en même temps que condamnable. Cela restera inscrit en toi. Tu auras commis une faute suffisante pour devoir t'en repentir toute ta vie. Ne sois pas dur avec toi-même, et va de l'avant. »

Un autre se demandait comment regagner un état plus pur.

« S'il te vient de telles suggestions, cherche à les affaiblir et les repousser par le bon conseil, des schémas de pensées positifs et les formules qui existent pour les contrecarrer. Cela deviendra vite un réflexe naturel. »

Un dénommé Marc Juvier sollicitait une orientation. On l'envoya chez un psychiatre, puis un magnétiseur.

On recommanda aux uns des lectures et des exercices de respiration, et à d'autres une retraite spirituelle ou un régime alimentaire.

Peu à peu, Jean et Barbara répondirent à tous les contacts, et ils purent enfin faire des derniers biens d'Adam des cartons à envoyer aux associations de charité.

Puis, les deux amis se laissèrent tomber sur un fauteuil en regrettant la perte d'un homme de qualité. Comme ils avaient soif de lui ! Mort, Adam exerçait un attrait encore plus grand.

Alors, ils se recroquevillèrent l'un contre l'autre pour faire front à l'orage de rigueur qu'ils connaissaient depuis la nouvelle de sa mort.

Ils avaient besoin de s'activer, de « faire » le deuil, de répandre vers le dehors les souffrances dont ils souffraient.

Chacun sut que faire. Ils trouvèrent naturellement de quelle façon réaliser un amortissement de l'impact de ce malheur.

Puis le temps passa.

Pendant quelques semaines, un silence flotta dans un coin de chaque pièce où, jadis, Adam cueillait les plaisirs de la vie. Ensuite, ce fut le tour des saisons qui passèrent. Il naquit des bambins, la terre continua à tourner, et chaque jour se renouvela.

Barbara gagnait plus d'indépendance. Martin grandissait à une vitesse fulgurante. Ils habitaient toujours le même appartement.

Elle avait fait son deuil. L'isolement d'Adam avait permis qu'elle ne lui ait pas été trop attachée. Elle ne souffrait pas trop de son absence et avait la conviction qu'il n'avait que changé d'état et qu'il était sans doute toujours aussi proche d'elle.

Avec le don de ses biens, elle ne souffrirait plus de son souvenir. Pourtant, le vide qui venait à leur place la saisissait d'une particulière amertume.

Par instant, elle faisait le tour de l'espace qui avait été le sien pendant cinq ans et se laissait aller à un profond déferlement émotionnel.

Elle avait conservé une mallette qui n'avait pas trouvé preneur. Elle se demanda si elle pourrait l'offrir en cadeau à Martin.

Elle nettoya le cuir et fouilla l'intérieur pour s'assurer qu'elle n'y avait rien laissé.

Dans une boîte à crayons, elle trouva une feuille de papier pliée en quatre : une lettre d'Adam, visiblement écrite à quelques jours de son décès.

Barbara,

Ne crois pas que mon départ soit un revers de fortune. Je n'ai pas échoué contre mon état de trouble.

Ce que je vis en moi, c'est en proportion de la gravité de mes actes.

C'est justement cela qui m'a permis de couper le moteur. J'en suis mort, mais mon cheminement m'a gracié d'une indicible sérénité, une félicité à l'état pur.

Toi aussi, comme tant d'autres, tu es au combat. Nous différons sur ce dont nous sommes éprouvés, mais la lutte est le sort de chacun.

Martin a tout appris de toi. Si j'avais été plus présent pour lui, il aurait désappris toutes les richesses qu'il a héritées de toi.

Il te le rendra bien, et je suis en dette envers toi. Maintenant que c'est la fin pour moi, je confie à la vie le soin de te récompenser le plus généreusement pour ce que tu m'as donné.

Transmets mes salutations à nos amis ainsi qu'à notre fils.

Adam

Imprimé en France

Achevé d'imprimer en février 2021
Dépôt légal : janvier 2021

Pour

Le Lys Bleu Éditions
83, Avenue d'Italie
75013 Paris